琦君作品集

萬水千山師友情

琦君 著

桂花是農曆八月盛開的。開放的時間相當長。母親在清淡的桂花香中特別的心神怡悅，她也最愛中秋前後皎潔的月色。她說：「月光多明亮啊！連繡花針掉在地上都亮閃閃的，看得清清楚楚哪。」她認不得多少字，卻牢牢記得父親作的兩句得意的詩：「秋花遠比春花淨，春月何如秋月明。」

——〈念秋〉

總統府頒贈琦君「褒揚令」全文

資深文學家琦君，本名潘希珍，天資穎秀，性行惇惠。幼承家學，復累新知，勤習古文詩賦，泛覽中外辭林，卒業浙江省杭州之江大學中文系；歷任國內大學教職，陶冶作育，木鐸傳薪。公餘致力筆耕，浸淫小說散文創作，優遊兒童文學範疇，尤以《琴心》、《紅紗燈》、《橘子紅了》、《三更有夢書當枕》，意境真摯恬雅，筆觸溫潤婉約，秀逸雋永，佳構紛陳。作品多次入選學校教材，並譯為外文風行海外，造詣深微，文壇望重。迭獲中國文藝協會散文獎章、中山學術基金會文藝創作散文獎、行政院新聞局優良著作金鼎獎暨國家文藝獎散文獎等項殊榮，集聲華於藝苑，享令譽於華夏。綜其生平，承繼傳統文化精蘊，開啟現代文學新域，碩學揚芬，馨垂百代。茲聞溘逝，軫悼良殷，應予明令褒揚，以示政府崇念宿學之至意。

中華民國九十五年六月十六日

永恆的懷念

二〇〇四年五月琦君偕夫婿李唐基返台定居，隨著媒體大幅報導，文壇掀起一股「琦君熱」，在她出席的公共場合，總有大批讀者對她說：「我是看您的書長大的。」還有人是三代同堂一起看。不論是舊時事還是眼前物，琦君自然的書寫深深攫住了不同世代的讀者，更因為她筆下傳統與現代的交溶，作品經常被譯成英文，成為認識中華文化之美最好的媒介。（集結成深受讀友喜愛的《琦君散文選中英對照》一書）

歷年來海內外對琦君的評述及報導文章多且從未間斷，中央大學圖書館館長李瑞騰教授本著「整理並研究琦君的文學表現，推展琦君同輩作家之探討，鼓勵現代文學之閱讀與寫作」之宗旨，籌設「琦君研究中心」，搜齊所有作品、相關資料加以整理歸類，於二〇〇五年十二月正式成立並舉辦為期兩天的研討會。繼二〇〇一年中國大陸在琦君溫州老家成立「琦君文學館」後，海峽兩岸同時以明顯的標竿彰顯她在文學上的成就。

三十餘年前琦君曾在中央大學任教，開授「文學賞析與寫作」課程，把現代文學帶入大學校園，至今仍為人津津樂道。當年的學生對潘老師的博學、幽默及慈藹更是念念不忘。琦君本名潘希珍，從事創作，改「珍」為「文學之真」的「真」，因為她的文章是各級中學國文課本必選，對於這位課本上的作家，老師與學生都有一籮筐的問題想請教。

讀琦君作品，就像走到一處心靈休憩小站，讓人在紛亂的塵世裡回想起遺忘的美善與溫暖。《萬水千山師友情》於一九九五年初版，十年後重讀，就像琦君所有的文章，時間使她的文章更顯溫潤動人。全書計分四輯，生活感想、童年回憶、四十年來的讀書與寫作經驗，還有三篇小說。看似平凡的題材，琦君寫來卻是篇篇雋永耐人尋味。此書完成時，正是琦君旅居美國的第十年，年近八十，她秉持「但得此心春常滿，須知世上苦人多」的信念看世情，執筆為文寫下〈好鳥歸來〉、

〈放走一隻小飛蟲〉等充滿愛生、惜生觀念的小品，而智慧、幽默，以及順手拈來的詩詞，更增添文章的餘味。

琦君寫兒時文章，沒有幻想，不是虛構，對她而言，這不是回憶，而是回到兒時，真實的記下，本書〈關公借錢〉、〈中個女狀元〉就是這類跨越時空，大小讀者都愛讀的篇章，她以小女孩「小春」看大人的苦難、人性的醜陋，無解、無助、哀傷，令人憐愛，讓人以柔軟心面對人生的黑暗面。

琦君說：「『詩心』就是『靈心』。」就是對萬物的愛心，她是虔誠的佛教徒，〈母親的菩提樹〉、〈我的佛緣〉等文就是以優美的文筆寫下肅穆的題材，熔文學之美與道德之善於一爐。

常有人問琦君，文章要如何才能寫得好，「我的寫作信念」一輯，琦君誠懇說出自己寫作半世紀的變與不變，看她談寫作，論文學，可愛善良的「小春」，轉眼成幽默又博學的「潘老師」，聽她談文說藝，如沐春風。

本書重排付梓之際，驚聞琦君女士於六月七日凌晨仙逝，享壽九十。昔人已遠，文章永恆，特增印琦君女士另類創作：尚未結集的劇本〈母與女〉以及新詩

〈蘋果〉原文，九歌除了將琦君女士的散文集一一重排精印外，還陸續配合其他單位辦理追思及一系列文學作品的研究活動，藉作永恆的懷念。

——編　者

目錄

第二輯　母親的菩提樹

第三輯 我寫作的信念

附錄

以文章代書信（初版自序）

旅居異國，忽忽十年。十年原當有成，而我除了以寫作遣興之外，最顯著的成績是兩鬢全斑。

詩人說：「鏡中莫嘆鬢毛斑，鬢到斑時也自難。多少風流年少客，被風吹上北芒山。」可見能活到七老八十，也是上天的厚愛。我不應嘆老，而要格外珍惜有限餘年，寶愛尚未長鏽的「腦殼」（老伴的四川土話）和這一枝禿筆，繼續寫下去。更由於文甫兄和素芳小姐的再三催促，才又整理出兩年來所寫的零碎篇章付印，以報讀者們的厚愛，書名就定為《萬水千山師友情》，以寄我內心濃重的思鄉之情。

思鄉，思的是兩個故鄉：中國大陸出生地，和生活了四十年的台灣；現在居住的寧靜小城則是我們選擇定居的客鄉。所以在本書中，半是童年往事、半是社會生活，還有一部份是旅居情況。可見我這份「三度空間」的浮遊心情了。

我常自問，緬懷舊日，是否會只有後顧而無前瞻？仔細想想這是不會的。因為樹有根，水有源，故土情懷和天高地厚的母愛，不正是寫作的原動力嗎？更有台灣的好友和讀者們對我的關注和鼓勵，不由得使我以小文記述些瑣碎小事，以代書信，使大家知道我在此粗安的情況，也免除朋友們回信的麻煩。這確確實實是我一點誠懇的心意。

看完校樣，已是夜深二時。遙想台灣的好友們，此時正埋頭在工作中，他（她）們的笑語神情都一一浮現心頭。相距千萬里，靈犀一點，願以此書寄予我虔誠的祝福。

琦君

八十三年十一月十六日
於紐澤西州

第一輯

此心春長滿

好鳥歸來

春意漸濃，南窗外的楓樹，原是光禿的枝條，尖端都爆出殷紅葉芽。不數日，便將綻放如滿樹繁花，與行人道邊鵝黃的迎春，嫩綠的草坪，相互映輝。

一對腹部金黃色的鳥兒，繞著楓樹取次而飛。又不時停在高枝上四面張望，似有意在楓樹的最高枒槎上營巢。我心中不由泛起一份「有鳳來儀」的喜悅。

憑窗守望好鳥營巢，這已是第三個年頭了。

前年，就是這樣美麗的一對鳥兒，在我家西窗外一株香柏樹上，辛勤啣枝、築巢、產卵。孵出小鳥以後，父母輪流啣蟲餵養。直到黃口小兒羽毛豐滿，從巢中跳上枝頭，母鳥總是在一旁耐心呵護，偏著頭看兒女們躍躍試飛。公鳥也來了。嘰嘰咕咕地好像在對牠們珍重叮嚀。不多久，小鳥們的翅膀堅硬了，終於振翅而飛，一飛不返了。牠們的父母，盤旋樹梢，停在屋頂上悲鳴竟日，聽得人好心酸。鳥去巢空，不久空巢於風雨中墜落泥土裡，一番生氣蓬勃的喧鬧，頓歸沉寂。倚窗守望的我，由開始的欣喜而期盼而焦慮而悵惘，有如親身經歷了一場離合悲歡。

去年，又是似曾相識的一對夫妻鳥，也選中了這株香柏樹築巢。我雖十二分欣喜牠們能如舊巢燕子般的歸來，但因一年中香柏樹已長高，枝條平平地伸展開來，原來的枒槎已不及以前有茂密的針葉覆蓋，眞擔心這個不夠隱蔽的處所，對牠們是否相宜。但想想具有第六感的鳥兒是不會選錯地方的。於是我又倚窗呆看起來，由於枝葉稀少，我可以一眼直窺堂奧。看母鳥孵蛋時，常常轉動身體，又頻頻用爪撥卵，使能平均接受體溫。她孵累了，飛到附近欄杆上休息片刻，公鳥就飛來與她作伴，夫妻倆軟語商量一陣，又雙雙飛到遠處覓食散心去了。常常很久才回來，我眞擔心孵得熱烘烘的蛋冷卻呢。

誰知有一個早上，忽見母鳥焦急萬狀地在枝上又跳又叫，鳴聲怪異，我吃驚地仔細一看，巢中竟然空空如也，尚未孵出的蛋，怎麼會不翼而飛呢？忽見一隻肥碩的浣熊，在香柏樹下倏地飛奔而逝，泥地上殘留著幾片碎蛋殼，我才恍然是浣熊乘母鳥不在時，爬上樹去攫取鳥卵果腹了。可憐牠們一場辛苦，盡付東流。牠們悽楚的悲鳴，令人酸鼻。牠們那裡知道，幼雛的悲慘遭遇，實在是由於天地不仁，有意捉弄無辜的生靈。我們又何能責怪浣熊的殘暴呢？

現在又見同樣美麗的一對鳥兒飛來擇地營巢。幸得牠們選中的不是西窗的香柏樹，而是南窗外的楓樹。但望這兒是個吉祥的好地方。

開始時，看牠們啣來一些碎紙破絮，先把一個三角形的枒槎墊平。但一陣風過，碎紙破絮都被紛紛吹落了。如是者數次，我看牠們實在太辛苦了，很想助牠們一臂之力。乃趁牠們不在時，由外子架了梯子爬上樹去，用蔴繩與細布條就著那三角形枒槎，大致綳一個網，給牠們先墊好扎實地基，好讓牠們順利建屋。

在這項工作進行中，我們眞擔心鳥兒飛來看見了，會受驚而去，永不再來，豈不弄巧成拙，好心變惡意呢。我在樹下虔誠祈求大慈大悲的觀世音菩薩，祂的廣大靈感，一定會使鳥兒知道，我們是一片好心。我這滿腔的誠意，該不至被視爲愚夫愚婦的迷信吧！

好容易完成任務，老伴爬下樹來，累得滿頭大汗，卻洋洋得意地說：「幸得我小時候有爬樹經驗，否則，今天這辛苦的活兒也幹不了。不過那時爬樹是撿鳥蛋玩，現在爬樹是幫助鳥兒做窩。」我說：「現在你老了，多做點好事，也是爲頑皮搗蛋的童年時闖的禍贖罪啊！」

我們這一臂之助還眞管事呢。只見這對鳥兒在楓樹上跳躍相呼，一定是驚喜地發現牠們選定的枒槎地基鞏固了。在窗子裡的我們，也不由得拍手歡呼起來。

接著就看牠們很快地啣來各種粗粗細細的枝條，加緊築巢。最有趣的是公鳥每回飛來，必先停在高枝上四下觀察一番，然後將所啣枝條丟入基地，就立刻飛走了。母鳥飛來時，才仔細將枝條擺妥，再用身體使力地四面轉動，使它扎實平滑，想來是生怕孵卵時壓破蛋殼吧！牠們如此輪流地分工合作，顯得雌雄二鳥性格的不同，也見得牠們的鶼鰈情深，令人感動。

爲免干擾牠們的建屋工作，我們特地把窗簾放下，只在縫隙中悄悄地觀察，牠們的辛勤工作都在清晨，一近晌午，就飛到別枝休息去了。原來鳥兒們也知道「一日之計在於晨」呢！

使我憂心忡忡的是那貪嘴的浣熊，是否會再來偷襲，卻又無法代爲防範。所幸這株挺拔的楓樹，比西邊那株香柏樹高得很多。而且幾天後，茂盛的楓葉展開，便將是濃蔭密佈。這裡應該是「風雨不動安如山」的吉屋吧！

昨天，我從樓上望下去，一個玲瓏的鳥巢，已經完工了。外圈是淺黃色，裡層是深褐色。圓潤光潔，無與倫比，枝條交織，巧奪天工。眞不知牠們是從何處啣來如此精緻的建材，尤不能不嘆佩牠們建築工程技藝之高超。

老伴高興地說：「好了，現在可以放心了。鳥兒和我們都是有巢氏。」好一個「有巢氏」，聽得我大笑起來。

我虔誠祝望鳥媽媽，養兒育女，一帆風順。

仍不免掛懷的是，牠們辛苦撫育的幼雛，羽毛豐滿以後，終必背棄父母，離巢而去，一去不返，留下無限悵恨。

我又將聽那一對父母鳥，在樹梢、屋頂，徹夜悲鳴，引人酸鼻了。

詩人的傷心之句，不禁湧上心頭：

燕燕汝勿悲，汝當反自思。
思汝爲雛日，高飛背母時。
昔日父母念，今日汝應知。

天道循環，豈不又是造化有意戲弄萬物呢!?

——原載民國八十二年五月二十九日《中央日報》副刊

一點領悟

炎炎長夏，竟日開冷氣感到很不舒服，關掉冷氣又悶熱難當。在開開關關的「冷暖人間」中，引起過敏性喉頭炎和劇烈咳嗽，因而影響睡眠，精神十分困頓，看書注意力不集中，寫作沒有靈感，心中惶惶然擔心自己已成廢人了。

一位好友勸我要把心情放鬆。煩躁比燠熱更傷身。少服藥，多飲啜涼茶，儘量培養一點調冰雪藕的情趣，心靜自然涼，喉頭炎和咳嗽就會好。

我接受她的勸告，就丟下一切工作，全心全意地閒蕩起來。看電視的輕鬆節目，打毛線，飲冰水，整理書刊，翻箱倒篋，捧出心愛的玩兒一樣樣地把玩。一邊回憶那些有趣與令人低迴的往事，或是朗吟心愛的詩詞，與古人共哀樂。漸漸地，心情輕鬆了，睡眠正常了，喉頭炎眞的不藥而癒。我才領悟到心理治療勝於藥物。

蘇東坡有兩句詩：「因病得閒殊不惡，安心是藥更無方。」安心才是治病最簡單有效的良方。

記得多年前讀到《讀者文摘》上一篇文章，寫一個肺病患者，躺在床上，每時每刻都感覺病菌在啃噬他的肺，他的肺馬上就要被蛀空了。一位老牧師卻笑嘻嘻地勸他說：「朋友，儘量把你的病保留在肺部，你就不會死。你若讓病菌侵入腦子，你就沒有救了。」牧師的意思當然是勸他不要老是惦記他的病，讓健康的腦子多多想些快樂的事。病人恍然想通了，立刻起來散步，享受早上清新的空氣，傍晚美麗的斜陽。再由醫生對症下藥，他果然漸漸痊癒出院了。如果他繼續憂愁下去，他將死於憂慮，而不是死於疾病。

曾讀高僧智者大師語錄，其中有一節對病人的啓示說：「息心和悅，衆病即瘥。」「但安心止在病處，即能治病。」「息心和悅」是寬心，「安心止在病處」是不緊張，不誇張病情，此意豈不正和那位老牧師勸該病人的話，不謀而合。可見蘇東坡「安心是藥」之詩是一點不錯的。

《維摩詰經》中間〈疾章〉有幾句話：「知起時不言我起，滅時不言我滅。觀心無常，苦空非我，是名爲慧。」文義深奧。這是當年恩師指點我於病中細讀的。他給下註腳云：「我空則病空，不以病爲苦。在病中體味人生，不起厭離念、怨恨憎怒念。以自身所受之苦，推憫萬衆之苦，病自瘥矣。」

佛經哲理固然深奧，當靜心細讀，從中體味，也於日常生活中體味。不急躁，不怨恨，想想世間比我不幸的人，比我病得更痛苦的人有多少，同情別人就會心平氣和下來，「心」安，「理」也得了。但這是修練工夫，養性工夫，卻又談何容易呢？

吟誦詩詞，頗有療鬱治病之功。微恙初癒，一卷在手，隨意朗吟，於難得的清閒中，想像陰雨後的晴朗好天氣，豈不格外值得我們珍惜呢？

陸放翁是位最豁達的詩人，我很喜歡他的幾句詩：「小病深居不喚醫，逍遙尤覺勝平時。」他享受的是「綠徑風斜花片片，畫廊人靜雨絲絲」的悠閒情趣，正和前引東坡詩有異曲同工之妙。

這也算是我小病中的一點領悟吧。

——原載民國八十二年九月三十日《世界日報》副刊

此心春長滿

坐著老伴開的車，經過一處鬧區路口，停下來等紅綠燈變換時，看見一個盲人，用一根枴杖，在寒風細雨中摸索著艱難地走過馬路去。他連一隻導盲犬都沒有，顯然是個無家可歸，無人照顧的老人。看了心中難過。想想自己，只不過左眼眼壓偏高，只要按時滴眼藥，就不致嚴重到一目失明。但總是惶惶然不能安心。如今看著這位孤苦無依的盲人，在街頭踽踽獨行，而我能坐在暖烘烘的車子裡，有老伴照顧，多麼幸福安全。我實在不應只爲一身的疾病擔憂，而應多同情世上苦難之人，儘量對他們伸出援手才是啊！

車在上高速公路的瓶頸處停下了。看見一個中年婦人，手捧玻璃紙包著的美麗的花束，向一輛公車窗口兜售，交通燈立刻就要變換，沒有一個人在匆忙中向她買花。我們的車子也在她身邊駛過。我一直向她疲累又失望的臉上注視，對她感到滿心的歉疚與無奈。天寒風緊，她在車輛穿梭的路口，一天究竟能兜售幾束花？掙得幾文錢呢？想想她家中一定有嗷嗷待哺的小兒女，甚至還有臥病的老人或丈夫吧。不然的話，她爲什麼顯得那麼憂慼呢？

車子進入紐約街頭，又看見路邊長椅上，坐著一個白髮蒼蒼的老婦，衣衫襤褸，身邊擺著兩個大塑膠袋，大概就是她全部財產吧！她以一雙顫抖的手，把一塊麵包小心翼翼地掰一點，放入嘴裡慢慢咀嚼，鴿子就在她腳邊啄食她落下來的麵包屑。顯然又是一位無家可歸的老人，正如我常常在電視裡看到的報導鏡頭。

我喃喃地對老伴說著心中的感觸，他只專注地開車，沒有回答我的話。回到家時，他將汽車引擎熄了火，呼了一口長氣，唸道：「快快樂樂出門，平平安安回家。」我說：「眼看這許多苦難的人，心中怎麼快樂得起來？」他輕喟了一聲說：「愁不了那麼多啊！你不是最喜歡古人的兩句詩嗎？『但得此心春長滿，須知世上苦人多。』我們只要能惜生愛生，能滿懷同情，多多想到世上苦難之人。遇有機會，儘量幫助他們，向負責照顧他們的機構，量力捐獻金錢，我們的心也就安了。不是我們力所能及的事，徒然憂心，又何濟於事呢？」

我很慚愧未能對苦難貧寒之人，直接盡一分力量，因而想起一位老學長所做的熱心助人之事。她是我中學同學，比我高四班，今年已逾八十高齡了。可是她永遠保持一顆年輕人的心，參加了當地政府一個慈善計劃，特為低收入家庭的兒童教導音樂課程。她募捐購置三架舊鋼琴，讓小學生們在下課後到教育中心來接受音樂訓練，每週兩個下午。她在教他們鋼琴之外，還爲中高年級學生組織合唱團，爲低級班學生組織演奏團。她認爲能讓貧窮的黑人兒童有機會接受音樂教育，對他們的一生，一定會產生良好影響，也可以減少許多社會問題，消除黑白之間的衝突，因爲優美的音樂是陶冶人的心靈的。她是位虔誠的基督徒，她說在上帝面前，人人都是平等的，貧窮不是他們的罪過，因貧窮而受到歧視是不公平的。

她滿腔的熱忱，使她忘了自己八十餘的高齡在風雨中奔波的辛勞。有的朋友勸她好好保養身體，放棄這項辛苦的義務工作，並提醒她深入貧苦黑人區的危險性。她卻坦然地說：「不會有任何危險的，因爲我愛這些孩子，孩子和他們的父母也都信賴我。」

我這位學長，才是眞正發揮了無比的愛心，她才眞正感到「此心春長滿」的欣慰吧。

放走一隻小飛蟲

我正在燈下聚精會神地看書，忽然一隻硬殼小飛蟲，咱的一聲，跌落在書頁上。看牠四腳朝天、昏頭轉向地掙扎著，卻仍翻不過身來。我深怕一不小心，會把牠壓得粉身碎骨，就趕緊用一張硬紙片把牠撥轉身來。牠居然不跑，還用一對小眼睛盯著我看。透過我的老花眼鏡，牠那副意定神閒、不慌不忙的樣子，我是看得清清楚楚的。我把硬紙擺在牠身邊，牠就爬了上來，我才輕手輕腳地把牠放到陽台外去，口中唸唸有詞：「小飛蟲，你別怕，媽媽把你放到外面去，外面有青草，有雨露陽光，好舒服喲，屋子裡太小，不是你該待的地方。」

我唸著唸著，發現自己對小飛蟲竟自稱「媽媽」，不由得啞然失笑，也不由得對自己幼稚的動作，悠然神往起來。

時光也一下子倒退了幾十年……

那時我唯一的孩子才四歲。他天性渾厚，對小狗小貓的愛護不必說，連對小小蟲兒都不忍加以傷害。他看見小蟲在地上爬行，就說：「不要踩蟲蟲，蟲蟲在找媽媽，媽媽也在找牠。」於是他蹲下小胖腿，一直守著蟲兒慢慢地爬。他能守上好長的時間，連最愛的牛奶都忘了喝，卻把甜餅乾扳碎了要餵蟲蟲。我對他說：「餅乾末撒得滿地，會招來螞蟻的。」他高興地說：「螞蟻也要吃糖糖的呀。」他把所有甜的東西都叫做糖糖。

看他一臉的憨態，我不忍心責怪他，就抱起他說：「螞蟻有牠們自己的家，我們只能在牠家門口放點糖糖，不要把糖糖滿地扔，螞蟻來搬運糖糖，會被人們不小心踩死的呀。」他一臉的認眞，很後悔地說：「媽媽，我不扔糖糖了。我不要踩死螞蟻，螞蟻媽媽會哭的。」

我親親他說，「寶寶眞乖，眞聰明，寶寶不會踩死螞蟻的。」他捧著我的臉，仔細看著我說：「媽媽，你爲什麼哭了？」我說：「媽媽沒哭呀！」他說：「你眼睛裡有眼淚，你是不是想媽媽呀？」

我眞是忍不住要哭了，可愛的孩子，他是那麼的敏感，那麼的好心腸。

當時情景，歷歷如在目前，而如今他竟已近不惑之年了。他工作很忙，我們一年難得見幾次面。今年他生日那天，我好不容易才約他來到家中。我問他：「你都快四十了吧？」他嗯了一聲說：「對呀。」就沒再作聲了，我不知道他是否記得我們的年紀。看他皮膚黝黑，雙肩與手臂粗壯，想見他每天戶外工作的辛勞。只有在笑起來時，仍隱約顯露幼年時的一絲稚氣。我問他工作順利嗎，他嘆了口氣說：「馬馬虎虎啦，有活幹就好。」他父親向他討教一些室內裝修的問題，他侃侃而談，因爲這正是他的本行。在他眼中看來，我們住了十年的房子已老舊了，用了十年的車子也老舊了。他父親笑笑說：「我們十年來身體一直健康，一點也沒有老舊。」他嘻嘻地笑了，又出現他一臉幼年時的天眞憨態。

正在此時，一隻蜜蜂從窗口飛進來，停在他的肩膀上，我眞擔心他會把牠一下拍死，沒想到他卻站起身來，慢慢走到陽台外，舉手輕輕一揮，讓蜜蜂安詳地飛走了。他進來對我笑笑說：「媽媽，您別緊張，我不會把蜜蜂拍死的。」我心裡只想說：「是呀！蟲蟲有媽媽，你拍死牠，蟲蟲的媽媽會哭的啊！」可是他已經四十歲的人了，我更是兩鬢飛霜，我還能對他說這樣的「童話」嗎？但無論如何，他放走了小蜜蜂時對我天眞的那一笑，是多麼令我欣慰啊！

前幾天，朋友九歲的男孩來借小朋友的書看，我看他也是活潑中帶著渾厚的孩子，非常可愛。我們正說著話時，他忽然發現門外欄杆上停著一隻美麗的蝴蝶，他就想開門出去捉牠。我勸止他說：「千萬不要去驚擾蝴蝶，牠停在那兒休息呢。你玩兒累了，不是也要休息一下嗎？」他點點頭，就不去捉牠了。但他一直站在門外不肯進來，很久很久以後，他才回屋高興地對我說：「婆婆，蝴蝶已經飛走了。」我問他：「是你趕牠走的嗎？」他搖搖頭說：「我沒趕牠，是牠自己飛走的。但我一直在遠遠守著牠，生怕別人去捉牠。現在牠飛走了，我才放心呢。」

多好心的孩子啊！看著他一臉的憨態，我又不禁想起自己孩子幼年時的神情。半個世紀的歲月，就在童稚情眞與蟲蟲飛進飛出中，悠悠逝去了。

——原載民國八十三年九月十一日《中華日報》兒童版

生活隨感

清明的眼睛

看書久了，不免視線模糊，乃抬頭望窗外四季長青的松柏，頓覺神清氣爽。一位朋友對我說，每天清晨有恆地看遠處青山幾分鐘，可以保持眼睛與心境都一樣清明。她說：「青山無語，卻使你心情平靜，忘卻眼前的紛紛擾擾，倒也不必說什麼『看山不是山，看山又是山』等玄之又玄的話。」我這位朋友一生只讀書，不創作，而品評文學作品，眼界甚高。她說寫作常不免拾前人牙慧而不自知，即使知了也自以爲引用得妙而沾沾自喜，倒不如不寫的好。她的話令我深思，也使我戰戰兢兢，不敢輕易下筆了。袁子才詩云：「雙目時將秋水洗，一生不受古人欺。」大概就是以明澈的眼光，分辨作品是否有眞知灼見，或只是因襲前人而已吧。

老之已至

鄰居一位老太太原是生龍活虎般的有說有笑，且熱心社區各種活動。前年她的老伴忽因心臟病去世，她曾一度非常憂鬱、消沉。幸有終生不嫁、獻身教育的女兒晨昏侍奉，並陪她參加教會福利工作，她才又漸漸恢復臉上笑容。但她常對我說：「老伴在世前，我總是每天埋怨他這樣不是，那樣不對，現在才知道都是自己太不體諒他了。」說著，她眼圈兒就紅了。可見有老伴攜手同行，才能感到「夕陽無限好」，這一份關切，連孝順的女兒，都無法代替。

我不免想起兒子幼年時傻呼呼地對我說的話：「媽媽，你和爸爸現在不要老，等我長大了，我們三人一起老。」他天眞的話時時在我耳邊。可是我們現在老了，想和他見面都難，他又何曾記得當年扶床繞膝時說的話呢？

一段記憶

在藥房裡看見一位父親帶著約兩歲的幼兒購物。天真的孩子對著花花綠綠的糖果，實在喜歡，忍不住用小手拿起一塊來玩，父親立刻逼他放下，然後自己再取了兩塊給櫃台付錢後遞給孩子，他立刻興奮地剝開來，扳下一粒先給父親，第二粒才放在自己嘴裡。我一直注視著他可愛的神情，他竟剝一粒給我說：「你喜歡嗎？」我感激地對他說：「謝謝你，你自己吃吧。」

這情景使我想起自己幼年時，由父親帶著去城裡最大的一家食品店，看見一個大玻璃缸裡，裝著亮晶晶彩色錫箔紙包的巧克力糖，心裡實在想，卻不敢向父親要求買，只得用食指摸著玻璃瓶外面，再放在舌頭上舔舔，彷彿手指頭都是甜的。從城裡回來以後，就纏著母親要買那種有彩色錫箔紙包的巧克力糖。母親笑瞇瞇地從床頭抽屜一個盒子裡取出幾張和那一模一樣的亮晶晶錫箔紙，包好她自己做的麥芽糖給我說：「麥芽糖比洋糖補，吃了不會蛀牙哩！」我奇怪的問：「媽媽！你的錫箔紙是那兒來的呀？」媽媽得意地說：「是你外公給我的。」我問：「外公又從那兒買來的呢？」媽媽說：「外公在山鄉，那裡有這樣好看的錫箔紙，是你舅舅從德國做生意回來，帶回一盒糖，分給左鄰右舍的孩子吃，自己剩下幾粒給舅媽吃，舅媽說吃了這種甜甜苦苦的糖，一夜都睡不好覺呢！但是她把包糖的五彩錫箔紙留起來給外公，讓他在過年時包銅板給我當壓歲錢，我也當寶貝似的保存起來一直到如今。」我呆呆地聽著，原來錫箔紙是這樣難得的。手中捏著媽媽用它包的麥芽糖，也格外覺得寶貴起來，我小心地剝開來把糖放在嘴裡，才把錫箔紙又還給媽媽收好。

媽媽那一臉歡喜的神情，我至今記得。因此我也特別愛惜包糖果的亮晶晶五彩錫箔紙，看到大一點的，不免一張張攤平，收在盒子裡，毫無目的地保存起來。因而被老伴譏為撿垃圾的老婦，我頗覺得「當之無愧」哩！

弄孫與孫弄

一位朋友問起我有沒有抱孫子，我笑答：「沒有像你這樣好福氣，享受含飴弄孫之樂。」她幽默地說：「不是弄孫而是孫弄。上了年紀，還是像你這樣，自己享點清福吧！」

一位美國朋友對我說：「每逢節日假期，一大群兒孫都來了，害得她手忙腳亂團團轉，生活秩序大亂。」我說：「照我們中國人舊的說法，兒孫滿堂是大大的幸福。做老奶奶的只要給他們愛，卻不必煩心管教他們。」她搖搖頭說：「夠了，夠了，實在夠了。」

我因而想到小我十六歲的妹妹。自幼受所有的長輩百般呵護，走到任何地方，都是前呼後擁，神氣得像一位公主。時光飛逝，如今她已當了祖母，伺候老伴之外，還要代外出工作的媳婦照顧孫兒，整天忙得團團轉。我總以爲她很辛苦，她卻感到含飴弄孫，樂在其中。

從她身上，我看見自己一生的平凡。我和她生長在同一個家庭中，而境況完全不同。如今我們都入老境，而老境也完全不同。她過的是「忙」的福，我過的是「閒」的福。

不論是「忙」是「閒」，只要自己心裡認爲是「福」就好。

記得恩師有兩句詩：「但能悟得禪經了，便覺忙時勝似閒。」其實，若能悟透禪機，也未始不可說「閒時勝似忙」呢。事實上，世間的忙與閒，在「禪心」中已無差別了。

健康路

台北好友爲我寄來兩個用堅韌橡皮做的小小圓圈，渾身都是細小的刺，她告訴我把圈放在手中，使力地捏，使小小的刺，刺痛手心，對健康有益，故名爲「健康圈」。

因而想起去年回台時，承三民書局董事長劉振強先生於百忙中抽空，陪我們去台中參觀西湖度假村。那兒有一條長長的碎石子路，名爲「健康路」。最好是只穿襪子在上面慢慢地走，讓腳底心忍受著碎石子的強烈刺痛，可使腦神經不致老化，產生理療按摩的功效。

細細體味這「健康路」的意義頗爲深長。腳下的道路不能太平坦，於崎嶇難行中，才能培養出堅忍不拔的意志。

那天劉先生興致勃勃，與我們邊走邊談。講起他年輕時代，在艱苦重重中奮鬥的經歷，越發使他對教育文化事業的奉獻，許下最大的心願。孜孜兀兀數十年如一日，他的心願都一步步地達成了。他的貢獻是有目共睹的。

參觀了三民書局的最新設備，和由他聘請諸專家學者所編彙各類琳瑯滿目的叢書，以及最完全最具特徵性的大辭典，較爲簡化便利的新辭典。坐在他典雅寬宏的辦公室中，一盞清茶，聽他笑語琅琅，侃侃而談，外子和我內心都興起無限敬佩之忱。

最難得的是他的謙沖、熱誠和爽朗，日新又新的研究精神，始終如一。更有他個人生活之簡樸，對同事們無微不至的照顧和鼓勵，在在令人感動。面對他，我深深領會到，他今日的康莊大道，眞正是從崎嶇難行中走出來的「健康路」。

山水與心胸

月前曾去一位鄉居的友人家小住，一洗胸中塵垢。深感山水使人理智清明，友情使人心靈溫厚。不由得使我想起宋朝的大文學家蘇東坡與王安石，爲政見不同而傷了友情。但王安石於罷相息隱林泉之後，曾作詩邀東坡與他比鄰而居，可見他在清明的山水中，不再有成敗恩怨，懷念的是老友的眞摯情誼。東坡去看他時也作了一首詩，幽默的說：「勸我試謀三畝宅，從君已覺十年遲。」感慨他們的諒解已晚了十年。

我想如果他倆於十年前就在明山秀水中垂釣或對弈，一邊討論政治的應興應革諸問題，時而爭論得面紅耳赤，時而投契得拊掌大笑，一心都爲國家而非個人意氣之爭，想來赫赫的宰相王安石，也不致害得同門好友蘇東坡，遠謫瘴癘之地的瓊州了。

記得有一段記載說，東坡於貶謫期滿歸來時，抬頭見江南山水秀美，不由得又高興起來，隨口吟了兩句詩：「未到江南先一笑，鳳凰樓上望鍾山。」沒想到那時宋主剛剛去世，東坡的政敵就藉此指責他「國喪期中，怎麼可以笑，明明是一股怨氣未消，不滿意朝廷的幸災樂禍心理。」眞個是欲加之罪，何患無辭。只怪那時資訊不發達，東坡先生如能像今天似的看到電視新聞的特別報導，他也許就不作那句含「笑」的詩了。

不過此事與王安石無關，那時他已經下了台。不然他也不會那麼懷念舊友，邀他去同住了。

——原載民國八十二年七月十二日《世界日報》副刊

環保的聯想

國內一位文友在一份青少年月刊上寫了一篇文章，勸諭年輕朋友愛惜物力，減少浪費，培養環保意識。她舉了許多實例，語重心長，令人感動。

我們日常生活中不經心的浪費，也是製造垃圾的主因之一。比如現代人都以小包面紙代替手帕，廚房裡都以紙毛巾代替抹布，公共食堂的保麗龍盤碗竹筷，用過就丟棄，既衛生又少卻洗滌的麻煩。但也因此每個人都成了垃圾製造者。

我出生長大在農村，對自己的種種浪費，內心總有一份罪孽感，但又無可如何！平常我總是把「留之無用、棄之可惜」的玲瓏瓶罐和紙盒等，收在地下室的紙箱裡，可是愈堆愈多，最後總是被外子搬出去扔掉，譏我是十八世紀頭腦的「今之古人」，落伍得無可救藥。最近在超級市場發現一種叫Heavy Wiper的抹布，質地厚實又柔軟，可以多次搓洗、晾乾再用。我如獲至寶地買了分寄好友，也是一份芹曝之獻的快樂心情，後來再去買卻已絕跡了。想是美國主婦已沒心情與時間搓抹布，商品無人過問，只好停止出產，眞是好可惜。

去年回台灣時，常在旅舍附近麵包店買點心。服務小姐總是每件小蛋糕裝一個漂亮透明塑膠袋，我說：「兩個放在一個袋子裡就可以了。」她奇怪地瞪我一眼說：「裝在一起不是把奶油都壓得糊塗一片，不漂亮了呀！」說得也是。我只好謝謝她的好意。看她那燦爛的一笑，一定認爲我是個有福不會享的鄉巴佬吧。

那時我每天走過餐廳門口，看堆積如山的大尼龍袋裡，裝滿了用過的餐具。心裡擔憂這些垃圾都往哪兒扔呢？焚化不也造成嚴重的空氣污染嗎？每天燒垃圾，不是要熏得天空一片灰濛濛嗎？

記得有一張漫畫：一個老師叫小學生畫蔚藍的天空中小鳥停在電線上。小學生畫的卻是灰濛濛一片，電線上也沒有小鳥。老師問：「天空怎麼不是蔚藍的？還有小鳥呢？」小學生說：「我只看見一片灰濛濛，小鳥都死掉了。」

蔚藍的天空，是不是離人間愈來愈遠了？

回想我童年時代，從沒聽說過「尼龍」、「塑膠」這些名詞。直到抗戰時期避亂鄉間，在上海工作的一位表叔，托人帶了兩雙長統絲襪給表嬸，信中說這種絲襪不會破，叫作「玻璃絲襪」。眞是天下奇事，玻璃怎麼可以做絲襪呢？全村爲之轟動，扶老攜幼都來看「玻璃絲襪」開開眼界。母親瞇起近視眼瞄了一下說：「什麼玻璃嘛！像豬油皮似的，辰時穿了，戌時就破。」這是母親形容東西不堅牢的口頭禪，於是表嬸就叫這雙襪子爲「辰戌襪」，眞的一穿就破。因爲她一雙做粗活的「百裂手」，一拉就把嶄新的絲襪勾個大窟窿，馬上一路溜絲溜到底。

母親從不相信洋裡洋氣的東西，認爲山鄉土產最堅牢。但是土產儘管堅牢，她仍是極節省地用。比如紙吧，我家鄉是產紙的，那時所稱的「頭類紙」，就是一等好紙，細軟光潔有勝於日本的上等棉紙。我童年時就用這種紙習字，寫了大楷小楷，經老師批閱以後，都由母親一張張收起來，積多了就用來引火，一點不捨得糟蹋。母親連包粽子的竹葉，剝下來都要洗刷了晒乾當引火的柴燒。其實山上的草柴取之不盡，長工們都勸母親不要太辛勞，母親說：「你們年輕人吃了上一餐，不顧下一餐。做人要在有時思無時，不可常把無時當有時。」於是她的「多神論」就來了，她說樹木有神，水、火、土都有神，樹砍多，水用多了，土挖太深了，神佛都會生氣，不是水淹全村就是大旱荒年。人要惜福積福，才得風調雨順，四季平安。

現在想想，老一輩的經驗之談，並不是迷信，而是很合大自然的生息和環保原則的呢！

母親常在做活兒時喃喃地念經，念的就是〈水神經〉。因爲廚房裡水用得最多，她要念經表示對水神的感謝。我至今都還記得：「早起一卷經，水神聽我吟。不論葷素口，心誠自然靈。天天用水多，刻刻感恩深。手做活兒口念經，一天念得三四卷，勝似家中積金銀。黃金白銀帶不走，只帶心中一卷經。西方路上有金橋，無福之人橋下過，有福之人橋上行。虔心但念彌陀佛，萬朵蓮花遍地升。」

每年年終拜水讖時，母親都命我跟著念。她一生辛勞悲苦，期望的就是踩著金橋，往生遍地蓮花的西方極樂世界。所以她臉上總是帶著安慰的微笑。

舊時代的長輩，以身作則教子女們養成節儉美德，孩子們都能乖乖地依從，看看現代的孩子就不一樣了。有一次在朋友家，看他們的小女孩興高采烈地在一本厚厚的拍紙簿上畫圖畫，畫得不中意就拍的一下撕掉，再畫一張，才畫幾筆又拍的一下撕掉。雪白的紙張扔得滿桌，我一張張收起來摺好，她說：「畫壞的不要了。」我說：「好可惜，翻過來還可以寫字呀。」她高興地說：「奶奶，你喜歡這種紙呀，我家好多喲，都是廢紙呀。」我說：「廢紙扔太多了會使屋子裡不清潔。」她說：「可以燒掉呀！」我說：「燒多了也會污染空氣，我們吸了就會生病的。」她搖搖頭說：「不會的，因爲屋子裡有空氣調節呀。」

我這個老骨董奶奶，也不知怎麼對她解說才好。小小年紀，包圍在豐富物質的享受中，怎懂得愛惜物力？忙碌的雙親又哪有時間與心情適時教導孩子們？但願他們一生都永遠不虞匱乏才好。

國內外的報刊上、電視上，都在呼籲注意環保，節省能源，使我們惟一的地球，能延長壽命。其實，注意環保不只是爲了整個人類的福祉，也是個人生活品德的培養。可是，面對整個社會的恣意浪費，任性製造垃圾，總不能不令人憂心忡忡。也許是洪水猛獸尚未到門前，地球的毀滅是億兆年以後的事，他們認爲杞人憂天，豈不白白犧牲了眼前的享受呢？

記得多年前，在愛荷華一位美國友人家作客。看女主人將各種塑膠瓶罐，都別出心裁地予以利用，有的當缽子栽花，有的剪作燈罩，一件件都貼上手剪的鏤空彩色紙花，裝飾得十分別致美觀，增加了室內無限氣氛，眞不能不佩服她的藝術匠心與節儉美德。今天美國的家庭主婦，多半仍是非常節儉的。我有一次在鄰居家小坐，好客的主人取出一罐玉米花款待我，她給我看塑膠蓋上刻的一句話：Please Keep Me for Next Use.她對我說：「多可愛？我一直捨不得丟掉這罐子。」她的小女兒捧著罐子，邊吃玉米花邊念那句子，連聲說：「I love it.」這眞是對兒童最好的生活教育呢。希望她愛玉米花也愛瓶蓋上的那句話。

去年我回台時，承一位出版社社長林蔚穎先生邀請我們文友參觀他的出版社。他除了贈送我們各種新書之外，還送了我們許多玲瓏的小記事本。他告訴我們，那都是利用印書切下的邊沿廢紙，加以精心美術設計，裝訂成小小記事本，中小學生都非常喜愛。這不但可以培養孩子們對日常生活的美感，和愛惜物力的好習慣，也可以減少紙張浪費和空氣污染。林先生眞的是位有心人。

我知道國內早已發明一種叫作「再生紙」的，是爲了減少環境污染，回收各種廢紙加工製成。這種紙摸去厚厚實實有一份質感，淺淺的灰藍色對眼睛有益。我也曾在電視上看到再生紙的製造過程，心中十分欣喜。國內也有雜誌採用再生紙，相信不是爲了省錢，而是爲了推廣宣傳。

「再生紙」三字充滿了一片新生希望。

但願我們的生存空間能由於有識者的鼓吹而日益改善。

但願我們惟一的地球長生不老。

但願天空永遠蔚藍。

兩個小女孩

兩年前回中國大陸，在上海一位朋友家中小聚。看他們的生活過得很舒適，陽台欄干上擺著一個鳥籠，裡面一隻羽毛美麗的小鳥，在孤零零地跳躍著。朋友八歲的孫女兒用一根竹筷子伸進去趕小鳥，——不是趕，而是使力地戳牠的翅膀，戳牠的腹部，戳得小鳥驚惶飛竄、吱吱尖叫，卻又無處可躲。我連忙阻止小女孩說：「你不要這樣戳牠，牠會受傷的呀！」她說：「我要牠跳，要牠唱歌呀。」我說：「你這樣欺侮牠，牠怎麼還肯唱歌呢？你如要牠唱歌，不如放牠出去自由自在地飛翔，牠就會高興地唱歌給你聽了。」她卻連連搖頭說：「我不要放牠，牠是我的鳥，是外婆買給我的。」我說：「既然是你的鳥，牠就是你的好朋友，你應當好好待牠呀。」她眼睛睜得大大地瞪了我好半天，把籠子一推說：「我不要跟牠玩了。」顯然的，她是跟我生氣了。我淡淡地笑了一下說：「好吧，我也不跟你玩了。」

又有一次，在去四川酆都的途中，停下來在一家小飯店休息，導遊從車裡取出可樂和杯子，分給大家喝。一個大約五、六歲的小女孩，背上背著比她小不了多少的小弟弟，站在我們旁邊呆看。小弟弟的頭搖來晃去地睡得很熟，小女孩的衣服很舊，袖口都破了。小手在深秋的寒風中凍得紅紅的，兩條辮子倒梳得光光亮亮的。我摸摸她的頭說：「你的辮子好漂亮，是誰給你梳的呀？」她好高興地回答：「媽媽給我梳的。」我又問她：「你今天怎麼不上學呢？」她說：「我們放農忙假，不上學，爸爸媽媽到田裡割稻去了，我要幫著照顧小弟弟。」她說話口齒清楚，胖嘟嘟的臉，比起上海那個欺侮小鳥的女孩，可愛得太多了。

我拿了一瓶可樂，遞給她說：「你喜歡喝嗎？」她搖搖頭說：「我不喝。」但她仍然站著不走，我想她是不好意思接受可樂，卻又捨不得走吧。我又對她說：「你拿著這瓶可樂吧，我們都很喜歡你。」她卻堅決搖搖頭說：「我不要，我只要可可。」我笑笑說：「這就是可可呀。」她很不好意思地說：「我只要空的可可。」我一時弄不明白她的意思。導遊說：「她是要空瓶子，空瓶子就叫做殼殼。」原來她要的是這個「殼殼」。

我心裡十二分的感動！這小女孩是如此的誠實，有禮貌。她的雙親一定有良好的教育，絕對不許她隨便接受別人東西的，她說「我只要殼殼」時那一臉憨厚的神情，使我感到農村居民的純樸和對孩子教育之注意，也越發爲上海那個養尊處優的小女孩，連小生命都不懂得愛護而感到深深的惋惜。

一路上，兩個小女孩完全不同的神情一直縈繞在我心頭：一個是生氣地說：「我不跟牠玩了。」一個是輕聲輕氣地說：「我只要殼殼。」

媽咪，我愛你

——兩次難忘的情景

有一天，我帶了一盒自己做的紅豆棗泥糕給一位好友，她高高興興地接過去，聞香隊的小女兒馬上奔來了。母親蹲下去，把糕湊在她鼻子尖上聞一下，女兒馬上抱住母親的脖子，愛嬌地用英語說：「媽咪，我愛你。」

「寶貝，你是哪一國人？」媽媽問她。

「我是中國人。」她立刻回答。

「那麼你再對我說一遍中國話。」

「媽媽，我愛你。」她用中國話說，說得字正腔圓。

母親吻了她一下，才把一塊棗泥糕遞給她說：「這是李媽媽做的中國點心，棗泥糕。」

女兒邊吃邊蹦蹦地說：「哦，中國點心好好吃喲！」媽媽又一個字一個字地說：「這是棗——泥——糕。」女兒也學著說：「棗——泥——糕。」

我很感動地說：「你眞不錯，一直提醒孩子說中國話。」她說：「我就是堅持這一點，要她在家裡一定得說中國話，我也絕不跟她說英語。否則的話，她長大點進了學校，全說英語，自己的中國話全忘光了。」

我說：「幸虧現在有熱心的媽媽們合力辦中文學校，在每個週末讓孩子們有機會讀中文、寫中文、說中國話。」

她嘆口氣說：「究竟還是一曝十寒，主要的是做父母的要能重視自己的文化背景。對兒女們從小就灌輸他們中國的倫理道德觀念和生活習俗，儘量講我們舊時代的感人故事給他們聽，希望他們長大後，在這個多元化的美國社會裡，不忘記自己的文化傳承。」

她一臉懇摯認眞的神情，使我非常感動。她堅持要孩子用中國話說「媽媽，我愛你。」不正是最好的生活教育嗎？

這情景使我又想起很多年前，初來美時暫住皇后區。有一天早上，我在門前草坪上做晨操，看見一位美國母親陪她的小男孩在等校車，旁邊站著一個黑人小孩，孤零零的，沒有母親護送。不一會，車子來了，白人孩子臨上車時，回頭對母親說：「媽咪，再見。媽咪，我愛你。」冷不防後面的黑人小孩，竟狠狠地在他背上捶了一拳頭，因爲他比較小，嚇得不敢回手。做母親的也只狠狠瞪了小黑人一眼，沒有作聲，目送校車開走了。

我呆呆地看著，忍不住對這位母親說：「男孩子到底比較頑皮好鬥。」

她淺笑一下說：「他不是頑皮，只是因爲忌妒。」

「忌妒？」我有點不明白。

「因爲我兒子對我說媽咪再見，媽咪我愛你，他卻沒有媽媽相送。」

「他沒有媽媽嗎？」

「他媽媽不會送他的，孩子一大群，哪有時間管他呢？」

「他捶了你兒子一拳頭，到學校可以告訴老師嗎？」

「這是小事，老師也管不了。眞正大打架，哪個錯，就罰哪個第二天不許搭校車。有時連這樣的懲罰也很難執行，反正問題很多就是了。」她微喟了一聲，一臉無可奈何的神情，我也不便多問了。

我老是記得那個小黑人，孤零零地站著，望著白人母子，一臉渴望與寂寞的神情。他眼看他的同學有媽媽護送，上車時親暱地跟媽媽說再見，他不也滿心想抱著自己的母親，親親熱熱地說「媽咪，我愛你」嗎？

可是，忙碌的黑人媽媽，卻沒有時間在他身邊陪他，送他上車，怎叫他不忌妒呢？

可見，能說一聲「媽咪，我愛你」就是無上幸福啊！

——原載民國八十二年六月二日《世界日報》副刊

敏感的童心

童子的心靈，是最最稚嫩也最敏感的，像早春的蘭花，必須培養在暖室中。雙親的愛，對孩子如陽光雨露的滋潤，使他能正常發育孳長。但如果天氣陰晴不定，冷暖無常，花葉就會枯萎，也就是說，孩子稚嫩的心便將受到傷害了。

父母對子女們的愛心必須公平，寵愛或忽略都會產生不良後果。使他們變得不是驕縱、怪僻，就是孤獨、膽怯。對獨子獨女的過份寵愛，尤其易形成惟我獨尊的性格。

我有一位朋友，她有兩個男孩，卻寵愛老大，嫌老二不是女兒，使她不能享「一男一女是朵花」之福。由於她的偏心，造成大兒子的驕縱，小兒子的自卑。有一次兄弟倆在我家玩，弟弟拿起小相機來玩，笑得正開心，冷不防哥哥忽然給他一記耳光，喝令他放下，他驚呆了。我連忙過去撫慰他，勸導做哥哥的要愛護弟弟。

哥哥卻大聲地說：「他好討厭，媽媽說的。」弟弟咬著嘴唇，忍著不哭出聲來，淚水一滴滴掉下來，我也禁不住淚水盈眶。他小小的心靈，受到多大的創傷啊！

又有一天，他悄悄地附在我耳邊說：「阿姨，哥哥的爸爸給了我半塊蛋糕吃。」可憐又可愛的小人兒，他竟把自己親生的爸爸當做是屬於哥哥一個人的，偶然給他半塊蛋糕，他就受寵若驚。

我也想起另一位好友，他幼失怙恃，由叔父母撫養成人，嬸母對她愛如己出，但叔叔娶了二嬸，二嬸對她就頤指氣使了。二嬸要她照顧小妹妹，小妹妹打翻了墨水，染汙了她的作文簿和制服，她生氣地忍不住打了小妹妹幾下，二嬸就嚴詞厲色地責罵她，諷刺的語言深深戳傷了她的心，她感傷自己不是叔嬸的親生女兒，大嬸雖慈愛而軟弱，呵護不了她。

她內心深處的酸楚與傷痛，就如同衣服上永遠褪不去的墨水漬。直到她長大以後，想想誰都沒有錯，既不能怪二嬸的責罵，也不能怪大嬸的不再加呵護。只恨她雙親早逝。這就是人生，人生的無可奈何。

我又想起另一位好友的孩子，在他幼年時，對他母親的情緒變化非常敏感。他母親因工作繁忙，偶爾心情不好時，他就會仰起頭來關心地問：「媽媽你頭頭痛痛呀，我給你抹萬金油好不好？」他母親看他那麼可愛，馬上抱起他來，笑逐顏開。他又捧著她的臉問：「媽媽你不生病啦？」又有一次，他母親因事心煩，他卻要媽媽看他搭的積木，她厭煩地說：「別纏我，自己玩兒去吧！」一不小心，碰倒了他的得意傑作，他大哭起來，做母親的也慌了手腳，後悔不該忽略他，大大地傷了他的心。

陳年舊事，點滴都在她心頭，如今她兒子都將四十歲了，他們母子相見機會很少，即使見了面，也是相對無言。兒子總好像不願和母親談話，母親也總覺得對兒子有一份難言的歉疚。母子之間似乎相距好遠好遠。母親不知兒子心中在想什麼，是他不願和她說話嗎？是她在兒子幼年時傷了他敏感的心嗎？還是他根本不重視這份母子之情呢？

她只好在心中默默爲他祝福，願他身體健康，前途順利。她也默默對自己說：「不要追悔了，時光無法倒流，人生原就是那麼的無可奈何啊！」

學畫心願

每回觀賞友人畫展，神往之外，總會興起無限歆羨之情，深悔當年何以不隨師學畫，今天就可以有一枝揮灑自如的彩筆了。朋友卻對我說：「畫畫與寫文章一樣，只爲抒發心中對外界景物的感受，一是用文字，一是用色彩線條。畫家的胸中丘壑，也就是作家的筆底文章，在心靈上的慰藉是同樣的。只要有那一點靈心，領略大自然的山水花木，別有會心時，你也無妨拿起筆來隨興而畫，便覺樂在其中，又何必要成畫家呢？」

她的一席話，頓使我明白，我的那份羨慕與後悔，並非是見賢思齊，而只是一種得失之心。想起我另一位朋友，寫得一手好書法，也能畫瀟灑的蘭竹。有一天她忽動念學西畫，她想想中西畫理應當相通，二者都能，一定樂趣無窮，沒想到她越學越灰心，連原有的國畫興趣都失去了。有一次她看到一個年輕女孩用水彩寫生，一枝出神入化的筆，立刻展現出一幅山水境界。使她領悟畫畫並不只賴技法，主要是天份與胸襟。凡事不可強求，知足常樂，何況隨意畫點畫，只爲消愁解悶，陶冶性情，強己之所難，反而自苦了。

童趣

玲玲打開冰箱，看見一瓶桔子水，就伸手去拿。媽媽說：「你不能喝，那是專給奶奶老人家喝的。」玲玲說：「哦，那我不喝，我不要老。」

玲玲的門牙掉了一顆，她用舌頭黏著缺口，望著天空說：「天上那顆最亮的星星，就是我的牙齒。媽媽昨天把我的牙齒放在枕頭邊，她說天使就來拿去鑲在天上了。」

媽媽生了小弟弟，全副心思在照顧小弟弟，還老是叫她走開點，別打翻奶瓶，玲玲生氣的對小弟弟說：「你快回去。」媽媽問：「叫他回那兒去呀？」玲玲說：「回醫院去。」

玲玲對媽媽抱怨的說：「隔壁王媽媽的小弟弟叫我姐姐，你現在生了小弟弟又要叫我姐姐，你為什麼不再生個姐姐，叫我妹妹呢？我好想做妹妹啊！」

玲玲在哭，鏡子裡的小女孩子也在哭。玲玲抹著眼淚對她說：「你別哭，出來跟我一起玩吧。」

吾兒幼年時，我摸摸他的頭問：「寶寶，頭髮是做什麼用的？」他很快的回答：「頭髮是理髮用的。」他爸爸帶著他散步，他仰頭對爸爸說：「爸爸，我們手牽手，腳碰腳，一同散步，我們父子眞是手足情深呢。」有一天，他躺在我懷裡，摸摸我的臉說：「媽媽，你現在不要老，等我長大了，爸爸、媽媽和我三個人一起老。」

（附註）流光飛逝，當時說傻話的兒子，如今已屆不惑之年。我笑問他記不記得小時候說的話。他說：「當然記得呀！我看媽媽一談起我小時候的事兒，笑得那麼開心，我就覺得爸爸、媽媽不會老。我一到你們身邊，就立刻覺得自己回到童年了，所以我們都不會老。」

孤兒的哀泣

記得好些年前讀過一本實地採訪的感人名著《戰爭孤兒》，作者在序文中說到他寫此書的動機和滿腔悲憫心情。當他去撫慰一個在砲火中喪失雙親的孤兒時，孤兒哀哀的哭著說：「我一直想著爸爸媽媽在死去時，定定的看著我的那兩對眼神，我怎麼能不哭，我會哭一輩子的。」這位作者想想自己溫飽幸福的兒女，和在殘酷戰爭中喪失父母的孤兒，相形之下，是如此的天淵之別。他嘆息同在一片陽光之下，何以有如此不同命運的孩子呢？於是他寫下了《戰爭孤兒》這本書，使世上疼愛兒女的父母，和包圍在幸福中的孩子們，知道人間固然有歡笑，更多的是悲哀和淚水。

不多久以後，我又正巧看了有關此書的一段電視報導：一位慈愛的美國老婦對一個哭泣中的孤兒說：「你不要再哭了。希望你今後在我們國家能享受和平幸福，和我們的孩子一樣。你知道我們的孩子連打雷都怕呢，你怕不怕打雷呢？」孩子抽抽噎噎的說：「我不怕打雷，戰爭比打雷可怕多了。打雷時，我會躲到爸爸媽媽懷裡，可是戰爭的砲火殺死了我的爸爸媽媽，叫我躲到那裡去呢？」

一個飽經憂患恐懼的幼童，竟能說出如此沉痛深刻的話來，怎不令人心酸淚落呢？

最近又在一份雜誌上看到兩張照片，一張是慈愛的雙親擁抱著打扮得花枝招展的小女兒，一同吹生日蛋糕上的小蠟燭，下面寫著一行字：「她擁有明天的一切。」另一張照片則是一個瘦如骷髏的黑人小孩，底下的字則是：「他，但求能活過今天。」如此強烈的對比，也是人間最強烈的諷刺啊！爲人父母的，要如何以「幼吾幼以及人之幼」的心懷，對苦難的兒童伸出援手。對自己錦衣玉食中的幸福兒女們，又當如何以生活教育的方式，隨時給予啓發、培養他們的同情心呢！

我呆呆的對著照片，心潮起伏，感到自己力量微薄的無奈。可是當我看到鄰居孩子們滿屋子奔跑玩樂，玩具糖果滿地扔的情景，我卻愈加的茫然了。

——原載民國八十三年七月十二日《中華日報》副刊

飄雪的春天

再過三天，就是春分了。好可愛的節候名稱。詞人說：「上巳清明都過了，只是春寒。」清明以後還是春寒，何況半個月前的春分呢？遙想寶島台灣，此時已是和風麗日，陽明山上，定已櫻花如雲。合歡山頂的雪呢？想亦化得無影無蹤了吧！

我原是個愛雪成癡的人，總覺得春天的「楊花似雪」，遠不及嚴冬的「飛雪似楊花」更沉靜，更逗人遐想。每回聽廣播報告大雪將至，我總會興起一陣莫名的喜悅。盼望雪下得越大、積得越厚才好。老伴諷我「黃鶴樓上看翻船，飽漢不知餓漢飢」。想想大風雪中，街頭多少無家可歸的流浪漢，都將凍餒而死。我內心也感到萬分慚愧歉疚，但是除了冬令的區區捐獻之外，何能有廣廈萬間、收容天下寒士的力量呢？

想想我們自己眞是非常幸運的，住的社區十二分安全，冬天晚間外出不必像在紐約街頭行走那麼戰戰兢兢。住宅環境的清潔工作，都由社區管理員負責。我們春天不必剪草，冬天不必掃雪。不比獨院住宅，屋主必須勤剪花木，整理草坪以美化公共環境。大雪天尤須掃除門前人行道上的積雪，否則如果經過的行人滑倒受傷，屋主是要負賠償責任的。

我心裡想著這些，卻閒閒的坐在窗前，看社區管理員穿戴得像個愛斯基摩人，使力的剷著人行道上的厚雪。大朵雪花飄落在他身上、臉上，看去鬚眉皆白。我手無縛雞之力，不能助他剷雪，只有趕緊泡一杯濃濃的咖啡，包幾個熱烘烘的韭菜餅，開門出去遞給他擋擋寒氣，也表示一份感謝心意。他接過咖啡，一飲而盡，捧起韭菜餅用嘴親了一下，卻馬上塞在口袋裡，說帶回去給太太孩子嚐嚐中國餅的口味，他的動作非常有趣。我問他冷嗎？他笑笑說：「工作中怎麼會冷？我身上還出汗呢！何況我邊剷雪邊想著小時候玩雪的樂趣，回家講給孩子聽，心裡越發暖烘烘起來。」看他雙頰紅紅的，兩眼發光，一副興高采烈的樣子，他眞是可敬又可愛。

他告訴我們，「這批房子風水很好。一幢幢連綿圍成一圈。正北方有高聳的老人公寓擋住了大風，晚上社區路燈亮起後，從陽台上望出去，燈下的飛雪才美呢。」他又補了一句，「自己暖和的賞雪，可別忘了風雪中受凍的人。有空時把不再穿的冬衣理出來，打個電話請救世軍來收取吧！」

眞感謝他的提醒，他負責又熱心，使我十二分感動。

有一個最冷的大雪天，我們的暖氣忽然發生故障，是因爲屋子外面的發電機被大雪封住，停止工作。屋內角樓上的備用機器不勝負荷也停擺了。臨時緊急措施是把廚房爐灶的四個爐口全扭開，再把從台灣帶來備而不用的三台電爐都插起來。才熬過一天一夜。第二天打電話給我們投保的冷暖氣公司求援，回答是已有一百多家登記在排長龍，而且配件也買不到了，如不能耐心等待，就試試看另找別的電氣修理站。可是打了無數電話都派不出技工，靈機一動，就求助於一位老友的太太，她是能幹的房地產經紀人，平時與各電器修理站都有密切聯繫。她大雪天坐在辦公室中指揮若定，知道我們的情形，就立刻打電話聯絡一位技工，說會很快就來，我們才一塊石頭落了地，知道自己不會凍死。但也直熬到晚上十點以後技工才來，爬上閣樓給機器換了零件，機器馬上就開動了。但一開水龍頭，水不來了，抽水馬桶也扳不動了。技工說是因爲房子沒有暖氣，管子結冰了，過一回兒化冰就好了。他提醒我們凡遇氣溫降至華氏零下十幾度，又遇暖氣故障時，就要把所有水龍頭扭開，保持「細水長流。」他對我笑笑，語意深長的說：「活水才不會結冰啊！」我看他壯健的身軀，靈活的動作，邊工作邊笑語琅琅，在天寒地凍中散發出一股暖氣。我才深深領悟「活水才不會結冰」的道理。像我這樣一個毫無科技常識的人，平時本就四體不勤，遇上一點點小事故就驚慌得手足無措，眞是連血液都會結冰了，還能有什麼活水呢？

在電視中，看到男女記者們都在大風雪中口若懸河的做報導，攝影記者從旁作有趣的場景穿插。一個小孩把一根尺插入雪中，要量量雪有多深，還不到幾小時，尺就被埋掉了，小孩哭起來叫「我的尺呢？我的尺呢？」還有一對新人要舉行婚禮，可是化妝師因風雪太大，不能準時趕到，急得新娘團團轉。記者幽默的說：「新人忘了打個電話問問天公再訂吉日了。」有個坐在室內報新聞的記者問外勤記者：「你被埋掉了沒有？」他回答說：「沒有，我只是被堆高了。」他的話使我想起「黑狗身上白，白狗身上腫」的詠雪妙句。

公路上有輛小轎車拋錨了，陷在雪中，經過的車子就停下來協助修理。記者也幫著推車，充份發揮了人類互助的精神。想起報載竟有暴徒搶計程車司機的不法情事，人性的善惡，怎會有如此的天淵之別啊？

拉瓜地機場有一架飛機起飛時，因地面冰凍太滑，失去控制滑出跑道，機頭幾乎衝入海灣，幸無死傷。一位乘客被訪問時，笑嘻嘻的說：「我很幸運正坐在飛機的最前端，使我有機會體會那一髮千鈞的危險情景，和知道自己還活著的那份喜悅。」這正是老莊哲學所謂的「生死津頭正好玩」吧！

大雪以後，就聽剷雪車隆隆的剷除公路上積雪，並撒以大量的鹽，爲了交通安全，服務人員的辛勞可以想見。據說連溶雪的鹽都供不應求了，天公真是作美。

天雖放晴了，雪卻一直未溶，窗外光秃的樹枝掛滿了晶瑩的冰珠，傲岸的搖曳著。經過一番風雪嚴寒，春來定將發放更茂盛的新枝嫩葉吧！

一開始溶雪，「景觀」可就大大的不同了。使大地潔淨、使人間公平的雪，都被剷掃堆積在路邊，蓋上一層層的塵土和泥漿。只好稱之謂「白山黑水」或烏雲蓋雪，卻再也說不上一個美字了。

還將有一場四至六寸的小雪呢！春天真如捉摸不定的少女脾氣，這第十七次的雪，該是少女的臨去秋波了吧。寫至此，想起羅蘭的名作《飄雪的春天》，乃借以爲題，想好友當不以爲忤吧！

——原載民國八十三年四月七日《中華日報》副刊

電腦與煩惱

機器是老伴的最愛，各種各樣的機器，堆滿了地下室，也不知都是做什麼用的。最近還有朋友勸他買一架傳眞機，可以節省許多精力與時間，我卻堅決反對，並非捨不得錢，而是因爲我除了電話機之外，對一切機器都有反感。比如他每回用那龐大如牛的吸塵器吸地，呼呼呼的噪音就嚇得我比老鼠蟑螂逃得還快。每月幾次的吸塵，我眞擔心會被嚇成老人癡呆症。他卻得意的說：「現在是尖端科技時代，科學家爲我們發明各種方便的機器，捨而不用，豈不辜負了他們的好意，也是愚不可及。」他眞是恨不得連三餐飯都由機器人餵呢。

我卻認爲天生吾「手」必有用，不可全依賴機器。就拿洗衣服來說吧，你能命令機器在領圈與袖口多搓一把嗎？還不是得先用手抹上去污水才洗得清潔！我們一家兩口，每頓飯後三兩個碗碟，用得著洗碗機洗嗎？如有好友光臨，都是請在館子裡吃，可以隨心暢談，更用不著洗碗機服務。最令人惱怒的是他說洗碗機長久不用會失靈，為了保護機器，他總是定時的把我洗得乾乾淨淨的碗碟，再擺入洗碗機重洗一遍，絲毫無視於我以勤勞雙手所做的清潔工作。

他偶然心血來潮時，要幫我切菜，我只好點頭表示接受他的善意。他就恭恭敬敬的請出他的切菜機，得意的對我解說：按A鈕是切片，扭B鈕是切絲，套上C配件是磨粒子，換上D配件是打醬。待他一一解說完畢，我早已把菜做好，恭請他上桌進餐了。

我多次勸他不要過份依賴機器，弄得四體不勤，他卻說這是生活體認。人生在世，每時每刻都在吸收新知，於不斷的學習中，可體認得無窮樂趣，領悟人生哲理。其實，他所謂的吸收新知，無非是一份好奇，他對什麼都好奇，當然更包含各種新出版的書籍。每回逛書店，必定抱回一大堆的書，其中必包含一本辭典。我抱怨書已氾濫成災，有的書只要在書店裡看個大概就可以了，何必買呢。他大搖其頭說：「不行、不行，每本書都有它的特色，尤其是辭典，只要有一兩句話、一兩個字使我有所會心，就值回票價了。何況有許多書是備參考非供閱讀的，偶一錯過，就將有書到用時方恨少的遺憾。」他就是那麼言之成理。

我翻翻他滿桌的書，每本都只看上十來頁。卻用紅筆、藍筆、黃筆，畫得五彩繽紛。問他內容都說些什麼，他笑而不答，個中樂趣，非我這淺薄之人所能知也。

我說：「我的恩師當年誨諭我，凡是眞正用功讀書的人，必須是案頭書要少，心頭書要多。你的書都堆在案頭，胸中可有點墨呢？」他大笑說：「你恩師的話，是對你這種不肯用功的懶學生說的，眞正是誤人子弟。你若眞是心頭有書，就不會嫌案頭書多了。」

我被說得自己也困惑起來，只好悻悻地走開了。

他又宣佈，堆在書桌外圈的書，可以搬到地下室去，和心愛的機器堆在一起，以備不時之需。排在書桌內圈的書，是隨時取閱的，儘管看上去很亂，卻是亂中有序，叫我不要去碰。偏偏我和他共用一張大書桌，一座大檯燈，他那「亂中有序」的書，就漸漸侵犯到我的領域來。有一次他找一本有關電腦的書，在書桌的裡圈外圈找遍了都沒有，卻被我輕易一翻，就在我的稿紙堆裡翻出來了。我笑問他：「你研究電腦，你的電腦分類法怎麼一點不管事呢？你可知道你的電腦，增加我多少煩惱嗎？」

我這個「今之古人」，是多麼懷念舊時代的簡樸生活。想起那時老長工阿榮伯㪚㪚拍拍撥著算盤幫母親記家用賬，我就坐在他懷裡玩那晶瑩的牛角算盤子。嘴裡也學著阿榮伯唸口訣：「一上一、二上二，三上加五下落二……」加法可以背到一百哩。那個靈活的算盤，不就是今日的電腦計算機嗎，可是算盤是那麼的可愛，可以翻過來在桌面上滑來滑去。嘴裡嘟嘟嘟的喊：「火車來囉，火車來囉！」哪像今日孩子們的電腦玩具，捏在手中亂按，看得人頭暈眼花。我眞擔心正在發育中的孩子們玩多了這種玩具，都會變成四眼田雞呢！

他卻笑我杞人憂天。他說四眼田雞的小孩，長大後會顯得更有學者風範，因爲他們自幼就有電腦淵源。不會像我聽到電腦就緊張，十足的鄉巴佬。

在我的生活中，與我關係最密切的是電燈與電話。幸得此二者都與電腦無關，所以不必緊張。有時給朋友打電話，聽到對方是答話機在回話，我就馬上掛上話筒，因爲我不願對機器說話，寧可過一會兒再打。我們的電話機原是老式的，愛好新奇的他偏換了架多功能的按鈕電話機。底盤上鈕子各有各的作用，像螞蟻般的號碼要戴上老花眼鏡才看得清楚。像我這種笨腦筋，根本不能適應這樣複雜的機器。有時通話到一半，談興正濃，忽然話筒中怪聲大作，嘎然斷線，不得不低聲下氣向他求援，他就正色的訓我一頓，要我好好學習適應時代，仔細閱讀電話機的說明書。我心中十分惱火，他卻認為這是對我的機會教育。

左思右想，我總是不服氣，電腦眞的萬能嗎？就拿寫文章來說，你即使把所有「風花雪月」、「風雨陰晴」、「喜怒哀樂」等等的辭彙都輸入電腦，它能為你寫出一篇蕩氣迴腸、一唱三嘆的文章嗎？據我所知，許多會用電腦的朋友，也說對著冷冰冰的電腦按鈕寫文章，靈感就沒有了，可見電腦終歸不如人腦。因為電腦是機器，機器是沒有心的。沒有心的機器，即使由你操作得再熟練，又何能婉轉傳遞心靈中千變萬化的感受呢？

依基督徒的說法，人類原是由全能的上帝所造的。上帝創造了天地，再創造亞當與夏娃，給他們吹一口氣，賦予他們生命，也給了他們幸福與煩惱。區區電腦，在上帝的恩賜中，無非九牛之一毛，那麼我又何必為微不足道的電腦而懊惱呢？

幸得電腦再神通廣大，究竟是沒有「心」的機器。儘管他喜歡機器，想玩電腦，遇到他偶然興致來時，也要寫文章，於字斟句酌之際，仍得求助於我這個毫無電腦觀念的笨腦哩！

——原載民國八十二年十二月十五日《中華日報》副刊

萬水千山師友情

我手中捏著一把長不及五寸的短劍，但只要向前輕輕一揮，就刷刷刷地伸長為三尺，亮晃晃的，眞像是一把龍泉青霜劍呢。設計得如此精巧，是為了出門攜帶方便，它不是防身武器，而是一支供把玩也供鍛鍊身體的「寶劍」。

在我心目中，它確實是一把「寶劍」，因爲它是我闊別了整整半個世紀的老友王思曾所贈。

對著閃亮的寶劍，我的思緒穿越了五十年的時光隧道，回到了故鄉永嘉縣。那時我在永嘉縣立中學任高一國文老師，王思曾則是高二學生。兩間教室緊靠著。下課後，王思曾常與高二好幾位同學來與我談文論藝。

高二的國文是夏瞿禪老師教的。那時是抗戰初期，瞿禪師因杭州之江大學解散，回到故鄉，也被縣中校長聘來教國文。江南第一大詞人教中學國文，自是大材小用，但卻是縣中的無上光榮。我本來就是瞿禪師的學生，由於師母的關愛，特囑我從簡陋的學校宿舍搬出，住到瞿禪師寓所的樓下廂房。因此每天上課，我們師生常是一同步行到學校。遇有大疊作文簿時，王思曾必然是弟子服其勞，代爲捧來捧去亦步亦趨的祖孫三代師生情，一時傳爲美談。

謝鄰弦歌

瞿禪師的寓所坐落在典雅幽靜的謝池巷。那是由於曾任永嘉太守的謝靈運夢中得句「池塘生春草」而命名。所以瞿禪師在住宅大門橫額上題了「謝鄰」二字，格外引人嚮往。

最難得的是樓下正屋還住著瞿禪師好友吳天伍先生和他的妹妹吳聞女士。天伍先生是樂清聞名的大詩人，妹妹吳聞也是博古通今的才女。天伍先生才高瀟脫，興來時常於走廊裡散步，高聲朗吟自己的得意之作，我也隨著學唱他的樂清調。王思曾也是樂清人，我們幾個人一同唱起來，自是格外悅耳。夏師母聽得高興起來，就親自下廚爲我們炒兩大盤香噴噴的肉絲米粉。瞿禪師邊吃邊讚美，學著新文藝腔，低聲對師母說：「好妻子，謝謝你。」然後打開話匣子，就有說不完的掌故，唱不完的詩篇。

謝池弦歌之聲，遐邇俱聞

不久浙江大學在龍泉復校，瞿禪師應聘去了龍泉，他的高二國文就由我接教。班上的王思曾和好幾位愛好文學的同學，都同我非常接近。他們覺得在課堂裡讀有限的幾首古典詩，不夠盡興，乃於星期假日揹了黑板到「謝鄰」來，大家在光潔的地板上盤膝而坐，由我選出自己最喜愛最有心得的詩詞，爲他們講解賞析。也學著瞿禪師的音調帶大家朗吟。同學們都認爲我唱得鏗鏘有致，頗得瞿禪師眞傳。我也因師生情誼之深厚而樂以忘憂。

那時演話劇之風很盛，我是國文老師兼課外活動指導，對話劇很有興趣，就爲同學們編寫了一個獨幕劇，由王思曾和幾位男女同學分任角色，在校慶日演出。一舉引發同學的興趣，乃請得校長同意，決定演出曹禺的「雷雨」，特請當時名導演董心銘先生執導。與省立溫州中學來個比賽，溫中演的是「日出」，那是轟動一時的盛舉。記得王思曾是自治會學術股長，請我擔任同學講國語的指導。在當時剛剛開始文明開放的城市裡，我那「字不正、腔不圓」的「藍青官話」，居然還可以指導別人捲起舌頭講「北京話」，自覺得意非凡，眞正過了一陣「助理導演的癮」呢！

無常的聚散

抗戰勝利復員回到杭州，我因照顧家庭，暫在浙江高等法院任職，同時在母校弘道女中兼課。此時王思曾已高中畢業來到杭州計畫投考北京大學。因一時宿舍尙無著落，我就介紹他到高院任臨時辦事員，協助我整理法院與我家中戰後散亂的圖書。我們師生重逢，又能在一個機關工作，自是非常欣慰。

思曾將凌亂的書籍雜誌等，細心整理、分類編目列出表冊，依次陳列在書櫥中，使同仁們借書閱讀時一目了然，他工作之有條不紊，儼然是一個有經驗的圖書管理員。上司對他的讚賞，我自然也與有榮焉。

那一段日子，我們都讀了不少文學以外的書籍，獲益至多。後來思曾考取了北京大學，我也因調職去了蘇州。一年後局勢急轉，我就匆匆到了台灣，師生就此失去聯絡，斷了音訊，這一斷就是悠悠半個世紀。

天外來書

前年，當一封署名沙里、註明王思曾的信，輾轉到達我手中時，我不由得一陣迷糊恍惚。急急拆開來，果然是那熟悉的字體，和一幀熟悉的照片。沙里，他就是王思曾，我當年的得意門生。

幾十年的音書阻絕，而他學生時代的笑語神情，他的誠懇與幹練，我們在永嘉縣中時代師生相處的歡樂情景，一時都湧現眼前。他信中告訴我他是從北京回到故鄉，在剛從美國探親回去的永嘉中學校長處看到我的作品，意外驚喜之下，立刻給我來信。闊別將近五十年，我們又聯繫上了，這一份歡慰，自是難以言喻的。

嗣後他給我陸續寄來多篇文章，寫他回憶在杭州念初中時正值「八一四」中日空戰的壯烈情形，寫他重訪富春江參觀郁達夫故居與紀念館的深沉感想，由於他負責文化宣揚工作，足跡幾遍全國，因此也寫了許多塞外風光。他文筆洗鍊，內容充實而風趣，闊別四十餘年，讀其文如見其人。難得的是他對當年我們的師生情誼，仍念念在心。尤使我感動的是他的一篇〈泛舟紀〉，是讀我的《詞人之舟》一書所引發的感想。他寫道：「詞的本色是婉約、蘊藉與纏綿，常是情景交融。寫景處是寫情，寫情處亦是寫景。講解的是古人作品，也自然溶入講解者的情思……」足見他對古典詩詞體會之深。他文中說：「四十多年後的今天，我所能憶起的是青年時代的老師。」他又憶起了在中學時代，他和幾位愛好文學的同學，還時常到謝池巷夏瞿禪老師的住宅「謝鄰」一同聽瞿禪師講學論詞。並引了瞿禪師特為我作的一首〈減字木蘭花〉中句：「池草飛霞，夢路應同繞永嘉。」無限的離情別緒，凝聚在他的筆端，令人深深感動。悲悼的是瞿禪師作古已忽忽三年，我前年回大陸，因行程匆促，竟不及到杭州千島湖他的墓園叩頭憑弔。

重逢的欣慰

談起我前年的回大陸，完全是由於思曾的誠意相邀所促成。他的工作單位是一個文化機構，他總希望在他退休前能為我盡一點心意，使我在垂老還鄉之日，能多少享受點旅遊參觀的方便。我感念他的相邀之誠，就答應與老伴趁體力尚健時一同回去，能與闊別如隔世的長輩、親友們見面，又得以祭拜先人廬墓，也算了卻一生心願。

從行期確定之日起，我就寢食無心，直到登上去北京的飛機，整整二十多小時的行程中，我未能合眼休息。並不是近鄉情怯，而是由於一種夢幻成眞的恍惚和惶惶不安。即將見面的親友們，一位位的面容都浮現眼前。世事的風雲變幻，都不能影響我們永恆的情誼。人生年壽有限，以我們滄桑歷盡，撥雲見日的今天，得以飛越關山，享受重逢的歡樂，眞不能不感謝上蒼待我們之厚。

在北京機場出口處，第一眼看到的是我尚未見過面卻通過無數次信的乾女兒謝糾糾。她是我大學同學的愛女，她的美麗端莊，和照片裡一模一樣。站在她後面的就是王思曾。依舊是他學生時代那一臉誠懇憨厚的神情。在貴賓接待室裡，我們「語無倫次」地說著話，感到的是時光倒流的恍惚。

在北京兩週的參觀旅遊節目，都由思曾細心策劃安排，由他的助理齊儀小姐陪同招待。她文靜和藹，辦事負責周到，她的平易、親切尤使我感到輕鬆自在。更有乾女兒謝糾糾的噓寒問暖，與齊小姐一同照顧我們的飲食起居。冰箱裡的水果飲料與各種點心，取之不盡，自思幾十年來的勞碌命，還眞沒享受過這樣現成豐厚的清福呢。

我們暢遊了名勝古蹟，當我在九龍壁前攝影時，忽然想起了逝世六十五年的大哥，他那時十二歲，由父親帶著住在北京，曾在九龍壁前拍過照。他每次寫信都盼我到北京和他相見，但以種種原因不能實現願望。那時候我才七歲，怎麼想得到，來北京的夢，直到七十多歲以後才能實現呢。我俯仰低徊在九龍壁前，想起大哥照片裡的童年天眞神態，人生奄忽，天地悠悠，我內心的棖觸哀傷，並非自悲老大或感慨歲月不多，而是悵恨父親當年爲什麼不讓母親和我到北京見大哥最後一面呢！但無論如何，我現在總算已到了北京，在大哥腳步走過的地方，低聲喊著他，感覺他就在我的身邊和我說話，我應該心安了。

此行最欣慰的是會到了夢寐中想見的朋友們。林翹翹、王來棣是當年永嘉中學的學生。她們都親切地喊著潘老師，活潑健談一似當年，卻都和思曾一樣，已是祖字輩的人了。這一點，我這個老朽只好自嘆不如了。還有一位趙樹玉，是我執教杭州弘道女中的學生，當年聰穎的少女，如今是人民大學的俄文教授。她不時爲我送來衣服與食物，生怕我不能適應氣候的變化。糾糾的尊翁謝孝苹是一位詩人、古琴家，又寫得一手好書法。我與他雖是同門，卻是望塵莫及。他多次為我彈奏古琴，他三歲的小外孫女舉起小胖手，踮起腳尖跳舞唱歌，使我越發的樂不可支。

另一個意外的驚喜是糾糾的同事陳萃芳，是我之江大學的學長。她是當年的校花，以演抗日名劇「一片愛國心」的女主角紅遍杭城。我們一握手之間，都立刻回到了少年時：之江大學情人橋的曲徑通幽，錢塘江的朝暾夕暉，曾留下我們多少旖旎風光和記憶。萃芳姐特別安排了之江大學的各位學長與我共餐歡聚，殷殷相約後會之期。

濃郁的師友之情，使我永銘肺腑。尤不能不深深感謝思曾的誠意邀約。由於他的再三催促，我們才沒有錯過這寶貴的重逢機會。

後會有期

歡聚半月後，我們不得不依依握別。思曾贈我以宣紙正楷書寫的白話長詩一首，我迴環默誦，禁不住淚水盈眶。

老同學謝孝苹聽我們講起在大霧迷濛中，夜過三峽，崔巍奇景一無所見的遺憾，他乃揮毫代賦一絕云：「灩澦如牛角觸忙，猿啼巫峽怨聲長。有景朦朧道不得，輕舟載夢過瞿塘。」

載夢原是美事，可是載的是沉重的夢，連輕舟也變得沉重起來。但願師友無恙，重逢有日，再不必追尋恍惚的夢境了。

最使我高興的是有一天與乾女兒糾糾通電話，她說她會轉告沙里伯伯我們對他的掛念，希望不久又可相聚。四歲的乾孫女在千山萬水之外的那頭，嬌聲地喊：「乾老爺，乾姥姥，你們快來嘛，我要給你們吃糖球。」

多麼甜美的糖球！我們怎能不再回去呢？

——原載民國八十一年十二月十一日《世界日報》副刊

似海師恩

民國二十五年，我卒業高中時，遵嚴父之命放棄了進北平燕京大學外文系的美夢，進了杭州之江大學中文系。爲的是得以追隨浙東大詞人夏承燾先生，讀書學詞。

第一天上課時，夏老師在黑板上寫了「瞿禪」二字，對我們說：「這是我的號。因爲我清瘦，雙目瞿瞿、又多鬚。髯與禪音相近，故號瞿禪。但禪並非一定指佛法，禪也在聖賢書中，詩詞文章中，更在日常生活中，都要細心體味。」

老師的話初聽似乎很玄，但後來聽他講解名篇，或追隨他遊山玩水時，他常將禪理寓於平易又富情趣的比喻中，使我們自自然然地心領神會而不覺其玄了。我們最喜歡聽他以濃重鄉音朗吟詩詞，凡經他吟唱過的，便能入耳不忘。也就學著他抑揚頓挫的調子吟唱起來，一面回味老師慢條斯理的啓迪。他說讀書會使人的心胸愈來愈開闊，可以上接古人、遠交海外。讀到入神時，覺得作者會從書中伸手與你相握，那一份莫逆於心的歡慰是無言可喻的。

他對弟子的期望是溫而厲。曉諭我們：讀中外名著，都應勤作筆記，從其中體認的不僅是文字上的技巧，更重要的是如何砥礪志節，也正是陸放翁所說的「書外有工夫」。

恩師名言，時時在心。回憶抗戰初期，四所基督教聯合大學在上海公共租界慈淑大樓復校，得以弦歌再續。瞿禪師依然是飄飄然一襲青衫，授課時總予人以「長風不斷任吹衣」的瀟脫而穩定的感覺。（「長風不斷」是他自況的得意之句）那時我因遠離故鄉常抑鬱不能自遣，習作〈惜紅衣〉詞中有「愁到眉山，絲絲都凝碧」之句，有一位同學因思親賦〈金縷曲〉云：「只道慈親眉不展，到今朝我亦眉雙聚。」恩師看了卻笑嘻嘻地說：「你們年紀輕輕的怎麼要強作愁地縐眉頭，凡人哪裡能事事如意，但越當藉此磨練心志。你們能在戰亂中安定地讀書就是幸福。千萬惜福，勿爲閒煩惱耗融心血，專心學業，會使你化煩惱爲菩提，菩提就是智慧。」

上恩師的課，從不感到沉悶。因他常喜歡穿插點自嘲的笑話。有一次，他唸了首十七字詩：「老師有三寶，太太、鋼筆、錶。莫再想兒子，老了。」引得全堂大笑。他也常化繁爲簡地用三個字指點我們：寫文章的要訣是傳「眞」、傳「神」與傳「情」。才能引人共鳴。讀書時思維要「精」，務求深入了解；理念要「新」，不受前人思想局限；心情要「輕」，見賢思齊固然難得，但求好之心不必太切，以免心理負擔，要樂讀而不是苦讀。我最喜歡的是他作筆記的「三字訣」。他說本子要「小」，以便隨身攜帶，記的字數要「少」，記其精義是訓練文字技巧之一法。更有一個「了」字，就是對所讀之書深切的領悟。

「三字心傳」，使我們永誌不忘。

恩師不僅以詩詞文章教，亦以日常生活教。有一次我們一同擠電車，因受司機惡言諷刺而生氣，他卻笑嘻嘻地說：「想想他整天開車多辛苦？哪像我們幾分鐘就下車一路談笑的輕鬆。若能設身處地一想，就不會生氣反而同情他了。」他充滿人情味的教誨，使學生們一生受用不盡。

最有趣的是他幽默地說自己很笨，才不得不用功讀書。他解釋「笨」字是「本」上加「竹」，「竹」是書冊，表示讀書是做人的基本。我眞但願能做一個飽讀詩書的笨學生，到今朝也不至碌碌無成，有負恩師厚望了。

在畢業時，他預贈我們每人同樣的一副對聯：「欲修到神仙眷屬，須做得柴米夫妻。」誨諭我們將來成家以後，要能體認夫妻同甘共苦的滋味，才是眞正的神仙眷屬。

畢業後我回到故鄉永嘉，恩師不久即轉任浙大教授而去了雲和。師生睽違中，他仍常賜書勉我讀書習字不可一日間斷。四子書仍當多多溫習。他自覺平生過目萬卷，總以論孟爲最味長。他讀了西洋名著小說，就勉我：「以汝之性情身世，亦當勉爲此業，期以十年，必能有成。」可是多少個十年飛逝了，我卻未能寫出一部長篇小說來，爲今已兩鬢飛霜，眞不知拿什麼告慰恩師在天之靈。

恩師的《天風閣學詞日記》，七十年中雖歷經兵亂而無一日間斷，在北平先後由繼室吳聞師母整理出十年的日記，印行傳世。此不朽之作，不僅是詞學上的極大貢獻，尤可以從其中體認一代詞宗一生爲人論學的嚴謹態度。

吳聞師母遵遺命將恩師骨灰分一半安葬在浙江淳安縣的千島湖風景最美之處，另一半則移回樂清，與元配師母葬於雁蕩山麓。我不免追憶恩師一首〈鷓鴣天〉詞中句：「拋卻西湖有雁山，扶家況復住靈岩。」靈岩即雁蕩山，他也曾一再地說「不遊雁蕩是虛生。」可見他對千島湖與雁蕩山都是一樣的心愛。名湖名山都有幸，恩師在天之靈亦當無憾了。

令人傷痛的是吳聞師母不及完成整理遺著工作，在一年後因心臟病突發而逝世了。

前年我回大陸，專程到杭州驅車至千島湖祭拜恩師之墓。看墓碑上刻有恩師簡歷，由吳聞師母與另一位王蘧常老師具名。用隸書寫的一副對聯：「雁蕩天風，宇宙神遊詞筆健。滄茫煙水，湖山睡穩果花香。」可以想見恩師對雁蕩名山的神往。

那一天氣候陰寒，我在墓地俯仰低徊。想到師母與王老師都已先後作古，慨嘆「青山本是傷心地，白骨曾為上塚人。」緬懷往事，翹首雲天，焉得不淚下沾襟呢？

第二輯

母親的菩提樹

夢中的餅乾屋

美國食品店裡的餅乾，種類繁多，卻沒一種是對我胃口的。每回呑嚥著怪味餅乾時，就會想起童年時代母親做的香脆麥餅，母親稱之爲土餅乾。

我那時隨母親住在鄉間，母親做的土餅乾，就是我的最愛。有一次，父親從北京託人帶回一罐馬占山餅乾，母親笑瞇瞇地捧在胸前，看了又看，摸了又摸，捨不得打開，我急得要命，央求說：「媽媽，快打開供佛呀，供了佛就給我吃，菩薩保佑我身體健康，讀書聰明呀。」母親才又笑瞇瞇地打開來，小心翼翼地抽出兩片放在小木盤裡供佛，我就在佛堂裡繞來繞去，等吃餅乾。母親只許我一天吃兩片，我卻偷偷再吃一片，用手指掰開來，一粒粒放在嘴裡慢慢地品嚐，也分一點點給我的好朋友小黃狗和咯咯雞吃。覺得馬占山餅乾並沒什麼特別味道，只不過是北京寄來，稀奇點就是了。我要母親寄點麥餅給哥哥吃，母親說路太遠，寄去會霉掉。那時如果有限時專送該多好呢？

哥哥從北京寫信來告訴我，他一天到晚吃餅乾，吃得舌頭都起泡了。因爲二媽天天出去打牌，三餐都不定時，他肚子常常餓得咕咕叫，只好吃餅乾。我看了信心裡好難過，卻不敢告訴母親，怕她擔憂。哥哥說餅乾吃得實在太厭了，就拿它當積木玩，搭一幢小房子，叫做餅乾屋，給螞蟻住。

我好羨慕哥哥，情願自己變成螞蟻，住在哥哥搭的餅乾屋裡，就一年到頭有吃不完的新鮮餅乾了。

有一天，我做夢眞的住進餅乾屋，瓦片、牆壁、桌椅板凳，全是又香又脆的奶油巧克力餅乾。我就拼命地吃，覺得比馬占山餅乾好吃多了。可是吃到後來，房子塌下來了，滿身堆著餅乾，我再拼命地吃，吃得肚子好撐，嘴巴好乾，就醒過來了。原來枕頭邊還剩著沒吃完的半塊土餅乾——母親做的麥餅，餅乾屋卻不見了。

我仔細回想夢中情景，趕緊寫信告訴哥哥。哥哥回信說他生病了，什麼東西都吃不下，連餅乾都不想吃了。母親和我好擔憂，哥哥究竟生的什麼病呢？也許只是因爲想念媽媽和我，吃不下東西吧。我又趕緊寫信給哥哥，勸他不要憂愁，好好聽醫生的話吃藥，也寫信求父親帶哥哥回來，有媽媽的愛，哥哥的病一定馬上會好的。可是父親的信三言兩語，一點也沒寫清楚哥哥究竟生的是什麼病，也沒提半句要帶哥哥回來的話，母親和我又憂焦又失望。那些日子，我好像一下子長大了，長得和母親一樣的年紀。我們母女天天跪在佛堂裡，求菩薩保佑哥哥的病快快好。我們一邊默禱，一邊流淚，感到我們母女是那麼的無助、無依。

哥哥的病一直沒好起來，在病中，他用包藥的粉紅小紙，描了空心體的「松柏長青」四個字，又寫了短短一封信給我說：「妹妹，我好想念媽媽和你，可是路太遠了，爸爸不帶我回家鄉，因為二媽不肯回來，我只好在夢裡飛回來和你們相聚了。」我邊看邊哭，覺得「夢魂飛回來」這句話不吉利，就不敢唸給母親聽。我寫信給哥哥，勸他安心，我的靈魂也會飛去和他相聚的。就這樣，我們通著信，可是那時的信好慢好慢，每週只有兩天才有郵差從城裡來。我每次在後門口伸長脖子等信，總是等得失望的時候居多。看母親總是茶飯無心，我更是忍淚裝歡，盼望著綠衣人帶來哥哥的信。那一盒北京帶回的餅乾，卻是再也無心打開來吃了。

很久以後，才盼到父親一封信，裡面附著哥哥一張短短的紙條，寫得歪歪斜斜幾個字：「媽媽、妹妹，我病了，沒有力氣，手舉不動了。餅乾不能吃，餅乾屋也沒有了。」

我哭，我喊哥哥，可是路那麼遠，哥哥聽不見，母親抹去眼淚說：「哭有什麼用呢？哭不回你爸爸的心，哭不好你哥哥的病啊！」我們母女就像掉落在汪洋大海裡，四顧茫茫，父親在那裡，哥哥在那裡呢？

我們日夜悲泣，可是眞的哭不回父親的心，哭不好哥哥的病。哥哥走了，永遠離開我們了。我再也收不到他用沒力氣的手所寫歪歪斜斜的信了。北京雖遠，究竟還是同一個世界，現在他到另一個世界去了，我怎麼再給他寫信呢？

我捧起那盒馬占山餅乾，嗚咽地默禱：「哥哥啊，你寄來的餅乾還剩大半盒，我那裡還有心思吃呢？你的靈魂快回來吧，我們一同來搭餅乾屋，世界上，有哪裡能比我們自己搭的餅乾屋更可愛、更溫暖呢？哥哥，你回來吧！」

可是哥哥永不能再回來了。沒有了哥哥，夢中的餅乾屋也永遠倒塌了。

關公借錢

小時候在鄉下看廟戲，總是外公或長工阿榮伯牽著我去。起先是規規矩矩坐在外公身邊，猛啃甘蔗與荸薺。啃夠了，就站在條凳上，點起腳尖來看，又嫌被人擋住看不見，就要阿榮伯抱我擠到舞台邊，把台上的戲囡兒看得清清楚楚。（我家鄉稱演員爲「戲囡兒」，大概認爲他們是逗人快樂的囡囡吧！）我最喜歡那個演貂蟬的花旦，手托亮晃晃的銅盤，轉得好俐落。我還喜歡紅臉關公和黑白花臉張飛，他們一出來，我就合掌拜拜，把他們當神佛一般。我尤其喜歡看張飛發脾氣時，跺著腳「哇啦啦啦」的大叫，回家來就學給媽媽看，媽媽笑罵：「姑娘家這樣粗，多難看呀？」

他們唱完戲，都會到我家大宅院來遊花園。我就緊跟在他們後面，一個個分辨，那一個是扮關公的，那一個是扮張飛的，有的連臉上的水粉都沒洗淨呢。母親認出那個扮小丑的，笑著對他說：「你這個白鼻頭兒，在戲裡是個害人精，看你人倒是忠忠厚厚的嘛！」他說：「太太，我若是在戲裡不會當害人精，就沒飯吃囉！」外公坐在柴倉邊的竹椅裡，只是摸著鬍子笑。

外公卻悄悄告訴我說：「你媽媽最喜歡扮藍袍青天大人的那個戲囡兒，也就是你最喜歡的紅臉關公。昨天他推牌九，把一荷包的錢輸得光光的，連買餛飩的銅板都沒有，向我借，我就借了他一塊銀洋錢。」

「一塊銀洋錢呀！」我眼睛睜得大大的。

「哦，他們都好窮啊！掙一個，花一個，也不會積蓄。你不要告訴你媽喲，她會心疼的，又要埋怨我亂花錢了。」

「他會還你嗎？」我也很心疼那塊白花花的銀洋錢呢。

「還什麼呀？他們今天到東，明天到西，也不知今生今世會不會再碰頭呢！」外公輕輕嘆了一口氣。

我楞楞地，心裡說不出是什麼滋味兒。

幾天以後，老師要我寫日記，寫篇〈看戲的感想〉。我原只想寫〈我最最敬仰的關公〉。因爲我聽小叔講過三國演義，心裡浮起的形象，是舞台上的關公，右手捧著一卷書，左手捋著長鬚，挑燈夜讀春秋的威嚴，多麼令人敬仰？可是一想到扮關公的戲囡兒是個呼么喝六，賭錢賭得滿頭大汗的人，就怎麼也寫不下去了。

我咬著筆桿發呆，外公說：「你就寫〈關公借錢〉，不是很有趣嗎？」我連連搖頭說：「不要，我不要把心裡的關公變成那個樣兒。」

那篇日記，就沒寫好，糊裡糊塗湊幾筆就交給先生，先生看了很生氣地說：「心太散慢，以後不許看戲了。」我心裡只想哭，覺得以後也眞的不想看戲了，看了戲，人究竟是好是壞都分不清了。

——原載民國八十二年二月六日《新亞時報》副刊

媽媽罰我跪

小時候，只要我過分頑皮惹媽媽生氣，她就繃起臉說那三個字：「去跪下。」我就蹬蹬蹬跑到佛堂前的小蒲團上跪下。那是外公特別用軟軟的蒲草給我編的，他說那才是眞正的蒲團，在佛堂裡越跪久越會長大，佛菩薩會保佑我聰明又健康。所以我一點也不怕媽媽罰我跪。

有一天，我因爲偷吃了一塊媽媽剛剛做好供佛的紅豆棗泥糕，不等她開口，我就主動要去佛堂罰跪。媽媽偏說：「不要去佛堂，就在廚房裡跪。」我知道佛堂裡供有一大盤香噴噴熱騰騰的棗泥糕，媽媽生怕我再偷吃。其實我就是不吃，跪著聞聞那香味也是好的。可是媽媽令出如山，我若是不聽話，連中午特別爲我蒸的新鮮黃魚中段也不給我吃了。我只好扮出一副苦臉央求：「廚房的地太涼太潮濕，跪久了會得風濕病的。」媽媽想了想，忍住笑說：「那就在廚房裡罰站吧。」罰站呀，媽媽又想出新招來了。都是我自己不好，告訴媽媽鄰居小朋友王玉在鄉村小學唸書，背書背不出來，老師罰她對著牆壁站五分鐘，因爲學校的水門汀地都是灰土，而且女孩子跪著也不好看。王玉對我說時還眉飛色舞，好像覺得男生罰跪，她罰站，高他們一大截的樣子呢。媽媽聽了還笑眯眯地誇老師處罰得當，誇王玉誠實懂事。現在她也要罰我站，算是讓我升級了。我又嬌聲嬌氣地說：「王玉是對著牆壁站，我們廚房的牆壁灰土土的，還掛著鹹魚，有一股子腥味，我就對著灶神爺站好嗎？」媽媽覺得也有道理，就點點頭，這時她已笑眯眯，一點怒氣也沒有了。我畢恭畢敬地站著，卻又忍不住問：「媽媽，您小時候，外公外婆罰你跪嗎？」媽媽瞪我一眼：「罰站時不許說話。」過了一下，再嘆口氣說：「你又不是不知道你外婆過世得早，是你外公把我帶大的。你去問外公吧，問他有沒有罰過我跪，我小時候是不是像你這樣不聽話。」外公那時在廊前曬太陽，我馬上朝灶神爺拜了三拜說：「我這就去問外公。」就馬上溜出廚房，一次嚴重的罰站就這麼結束了。我跑到廊前，撲在外公暖烘烘的懷裡喊：「外公，媽媽要罰我跪，後來又改了只罰我站，站得腳板心好疼喲。」外公敲著旱菸筒問：「你做錯了什麼事呀？」我說：「沒做錯事，只不過吃了塊供佛的紅豆棗泥糕。」外公問：「媽媽看見你拿去吃的嗎？」我搖搖頭，外公說：「不先問媽媽，自己拿來吃就是偷。」我委屈地說：「我肚子好餓，媽媽老是要我等，等供了佛和祖先、等外公和阿榮伯都坐上飯桌，再分給我吃。我還小，禁不得餓的呀。」外公呵呵地笑了，把我摟得緊緊地說：「哦，小春還小，小春已經很聽話很乖了。」我仰起頭，摸著外公的灰白鬍鬚問：「外公，媽媽小時候，您有沒有罰她跪呢？」外公搖搖頭說：「沒有，你媽媽從小就懂事，從不惹我生氣。她沒你命好，沒娘疼她，外婆過世得太早啊。」外公不再說話了，臉上像很憂傷的樣子，我就不敢多問了。但我知道，「罰跪」是一種很重的懲罰，罰過跪，一定要牢記心頭，不要再犯錯。媽媽因為疼我，要我學好，才罰我跪的。

可是運氣眞不好，那天老師要我背一段《孟子》，我一眼看見他佛堂裡供的也是媽媽送過來的紅豆棗泥糕，我聞著香味，《孟子》竟結結巴巴的背不齊全了。老師生氣地一拍桌子說：「跪下。」我哭喪著臉說：「早上已經在廚房裡被媽媽罰過了。」我沒說罰「站」，因為老師佛堂前的蒲團很軟很舒服，我寧可「跪」。

老師仍很生氣地說：「你媽媽罰你是另一回事，我罰你是因為你書背不出來。」我就乖乖兒的走到佛堂前，跪在蒲團上。沒想到老師又大聲地說：「跪在地板上，蒲團是我拜佛跪的。」我說：「老師，我邊跪邊拜佛好嗎？我會念心經、大悲咒，媽媽教我的。」大概是我那一臉的虔誠，感動了嚴厲的老師，他沉著臉點點頭說：「好吧，你就跪在蒲團上念心經大悲咒，佛會保佑你聰明健康的。」他把佛堂裡的一串念佛珠取來掛在我脖子上，我就閉目凝神地念起來，越念越高興。想想老師儘管對我那麼兇巴巴的，心裡一定還是很疼我的。不然爲什麼要菩薩保佑我呢？我雙膝跪在軟綿綿的蒲團上，眼睛注視著香爐裡升起的嬝嬝青煙，想著每天清早隨媽媽並排兒跪著念經拜佛時，媽媽一臉的虔誠，使我有一份說不出的安全感。才知道跪並不是一種懲罰，而是讓我靜下心來慢慢地想，那就是老師常常教我的「反省」吧……。

歲月悠悠逝去，而當年罰跪情景，如在目前。想起慈愛又辛勞的母親，想起溫而厲的老師，領悟到他們對我的罰跪，含有多麼深的愛和期望啊！

——原載民國八十三年五月七日《聯合報》副刊

秋花遠比春花淨

我出生於簡樸的農村，母親是一位勤勞節儉的婦女。稍長後到杭州受完中學教育，抗戰中在上海完成大學教育。他鄉遊子，無一日不思念家鄉，思念慈母。卒業後千辛萬苦冒險趕回故鄉，慈母竟已逝世半年了。我於萬分悲慟中默默回憶自幼偎依在慈母身邊的情景，歷歷如在目前。

我最記得桂花是母親最愛的花。她說任何嬌艷的春花，都不及桂花的淡雅高潔。桂花於開過後還可以曬乾，一鉢鉢收起來，和在茶葉中，喝起茶來清香撲鼻。母親邊說邊折一枝桂花供佛，滿臉浮現著欣慰的微笑。

桂花是農曆八月盛開的。開放的時間相當長。母親在清淡的桂花香中，忙家務也特別的心神怡悅。她也最愛中秋前後皎潔的月色。她說：

「月光多明亮啊！連繡花針掉在地上都亮閃閃的，看得清清楚楚哪。」

她認不得多少字，卻牢牢記得父親作的兩句得意的詩：

「秋花遠比春花淨，春月何如秋月明。」

台灣很少有桂花，有一次我走過一條幽靜巷子，忽然聞到一陣淡淡的桂花香，似從人家圍牆裡飄來，我駐足良久，卻又看不到桂花樹從那圍牆上面伸出來，悵然若失地回到家中，就提筆寫下了〈故鄉的桂花雨〉一文，以寄我無限思親懷舊之情。

幽默笑話

說個笑話逗別人樂，可以給自己消愁，也可以化解惱怒與怨恨，所以喜歡說笑話的人是非常懂得生活藝術的。

鄉下人在一天辛勞工作之後，都喜歡說說笑話以輕鬆一下筋骨。我的外公就是個最喜歡說笑話的人，說的笑話都很幽默。那時代並沒有「幽默」這兩個字，只是誇外公是個很有趣的人。

我一個叔叔喜歡唱京戲，唱得荒腔走板。但他逢人就唱，唱得人人都躲他，外公就講了一個笑話：

有一個小偷摸到一個戲迷家裡去偷東西。東西都已偷來放在包袱裡包好，正要走時，卻聽戲迷在夢裡唱起戲來。他忍不住噗哧一聲笑起來，戲迷醒了，小偷想跑，戲迷馬上起身拉住他說：「你別跑，先聽我唱一段，你只要叫一聲好，我就把包袱送給你。」小偷連忙說：「好，好你快唱吧。」戲迷拉開嗓子哇哇地唱，還沒等他唱完呢，小偷放下包袱說：「我要走了，包袱還給你吧。」

母親也講過一個笑話：有一個戲迷，總是抱怨沒有人聽他唱戲。有一次，他趁著一群人在廣場上看賣藝人變戲法，戲法表演完了，戲迷就站在一張凳子上大唱起來。唱了一段又一段，圍觀的人都散光了，只剩下一個人還站在那兒笑嘻嘻地看著他。他感動地說：「老哥，你眞是個懂戲的。」那位老哥說：「我是等你唱完，好拿回我的凳子呀。」

母親常常喜歡說這個笑話，還笑瞇瞇地說：「我天天做菜給大家吃，也沒聽哪個誇一聲好吃。我也是那個站在凳子上唱戲的人哩！」可見母親也是個很懂得幽默的人呢。

最近還聽一位好友講了他自己的一段眞實故事：

有一年她回台灣，和她女兒在車站等車。看前面站著一個美國女孩。她對女兒說：「這個女孩長得很漂亮，就是鼻子太大了點。」那美國女孩回頭一直對她母女笑。她就用英語對美國女孩說：「我們誇妳好漂亮啊！」她笑了一下，用字正腔圓的國語說：「謝謝妳，但妳不是說我的鼻子太大嗎？」我那朋友眞難爲情得恨無地縫可鑽。看女孩並無生氣的樣子，就問她：「妳怎麼能說這麼好的國語呢？」她說：「我是特地來台灣，在台大研究中國語文的。」

我那位朋友才知道自己有眼不識泰山，錯把會說中國話的洋人當土包子呢。

母親的菩提樹

我故鄉老屋後院有一棵姿態很美，不大不小的樹，不是扶桑，不是木碧，也不是名稱好聽的「翠玉藜」，只是那麼一棵無名的樹。長工阿榮伯在太陽下工作，熱了就脫下棉襖往樹枝杈上一扔。小幫工阿喜從田裡捉來的田螺，籃子滴著水，濕漉漉地，也往樹枝上一掛。母親拉了把竹椅坐在樹下做活兒。她說樹葉的清香，薰得她眼皮直搭下來想打盹。她說：「不知怎麼的，坐在樹下心裡就好舒坦。」

老師因此說，那是母親的菩提樹，在下面坐著會安心，會悟出大道理來。

有一天，發現樹根長出一條藤，慢慢沿著樹幹向上爬。阿喜要把它剪掉，老師連忙阻止他說：「任何草木都是有生命有知覺的，不要去傷害它。」阿喜就不剪了。母親俯身下去看，撫摸著小藤蘿，好像它是樹的小兒女。

好幾回，我看見母親一個人坐在樹下，呆呆地好像在想心事。我也不去驚吵她，她大概在對樹說話，或是許甚麼願心吧？母親常常對樹許願心的。

聖誕節，教堂裡牧師給母親送來一棵小小聖誕樹。母親把它擺在那棵樹旁邊，她說：「聖誕樹也是菩提樹，看了叫人忘掉憂愁。」

母親逝世已經四十五年，故鄉老屋的那棵樹還在嗎？無論如何，它是永遠長在我心中的。

我的佛緣

我幼年時隨母親住在鄉間，父親請了位吃素念佛的老師教我認字讀書，卻帶了長我三歲的大哥去北京定居。把我們兄妹硬生生分開得那麼遙遠。母親是虔誠奉佛的，對父親的安排都逆來順受，只有命我每天一大早隨她在經堂裡上香拜佛，保佑父親和大哥身體健康。我和母親並排兒跪在蒲團上，頸上套著佛珠，邊撥邊唸一圈阿彌陀佛、一圈釋迦牟尼佛、一圈地藏王菩薩、一圈觀世音菩薩。唸得我空肚子咕咕直叫。只好敲著姑婆從普陀山帶回給我的小木魚，再看母親仍舊眼觀鼻、鼻觀心地唸心經、大悲咒、白衣咒，聽得耳熟能詳，也就餓著肚子跟她唸。唸完經，拜了佛，才吃早餐。早餐一定是素的——鹹菜炒蠶豆、腐乳滷蒸豆腐。母親說：「早餐吃素，一天心清。」因此我相信我們母女的心都很清。

吃完午餐該讀書了。老師又要我跪在他的佛堂前拜佛。我說：「已經拜過佛唸過經了。」老師說：「讀書之前拜佛，保佑你記性好。」拜完佛，老師會給我一粒供過佛的麥芽糖，還要喝那杯面上飄滿香灰的淨水，他說淨水會給我添智慧。幸虧麥芽糖很好吃，我就皺著眉頭把飄滿香灰的淨水喝下去。

老師教我認方塊字，第一個字就是「佛」字。他說：「你每天拜佛，一定要認識佛字。」因此我翻開任何書本，就先找「佛」字，有時把「弗」字也當作「佛」字。老師說：「人修行、得道，以後才成佛。所以『佛』字邊上一定有個『人』字，意思是佛跟人是很接近的。」

我有一位比我大八歲的小叔。他聰明絕頂，讀書過目不忘，卻不肯正式考學堂唸書。他聽我琅琅地背白衣咒，問我：「什麼是廣大靈感，你懂嗎？」我搖搖頭。

他說：「廣大是無邊無際、靈感是心。就是說你的心和世間萬物的心都能相通。草木蟲魚鳥獸，甚至朝生暮死的小菌都是有靈性的，我們都要對牠們抱同情心、憐憫心，不要傷害牠們。眞正修行的人連吃菜都只吃葉子不吃菜心，因爲菜心是有生機的。」

我被他說得心慌意亂，覺得自己天天都在殺生。眞想發個願心不吃葷菜。但是媽媽煨的香噴噴紅燒肉、煎的新鮮黃魚實在太好吃了。就問小叔叔：「媽媽天天拜佛唸經，怎麼也燒魚、肉呢？」

小叔說：「你媽媽是為了疼你，只得燒葷菜。她不罪過，罪過的是你呀！所以屠夫要邊殺豬邊唸：『豬呀、豬呀，你莫怪，你是人間一道菜。人不吃來我不宰，你向吃的去要債。』」聽得我又好笑又害怕。

小叔又說：「你不要怕，你現在還小，修行還早呢！長大了就跟你媽媽吃三淨素吧。」

我奇怪地問：「什麼是三淨素呀？」

小叔慢條斯理地說：「你聽著，我也是剛剛從廟裡聽來的。三淨素就是不親自動刀殺的、沒有親眼看見殺的，不是為你殺的。這不很容易嗎？你幾時殺過雞鴨呀？每年過年時長工殺豬，你媽不是都抱著你躲到佛堂裡唸往生咒超渡牠們嗎？哪有看他們殺呢？還有，一頭豬、一隻雞，殺了以後分成無數塊，大家都吃到了，罪孽大家分擔，因為不是為你一個人殺的。」

小叔說來頭頭是道，我聽得半信半疑。再去問老師，老師也點點頭說：「這是佛家勸愛吃大葷的人通融的說法，因為戒殺極難，只好放寬點。」

老師是吃長齋的，每月有六天還要過午不食，只喝一碗薄薄的藕粉或米湯。那叫作六齋。小叔告誡我每逢六齋，字要寫得格外端正，因爲老師餓得心火上升，會罰我跪的。母親在這六天裡，卻是對我格外慈愛，不聽話也不責罵我。只是這六天不准我吃新鮮魚蝦，只吃鹹魚。所以我對六齋的日子，記得清清楚楚的。小叔說，這叫作「心齋」，是心中的一種警覺。長大後想想，也眞有道理，一個人如能不時反省，豈不是修心養性之一法呢？

濃厚的佛教氣氛，使我幼小的心靈，感到平安有依靠。但忽然一個青天霹靂，自北平傳來噩耗，我親愛的大哥，忽然因腎臟炎去世了。這個沉痛的打擊，使我對佛的信心起了動搖。但母親在萬分悲慟中，沒有一句怨言。她悲悲切切只悔恨自己沒有堅持把哥哥帶在身邊。老師卻說人生年壽都是有定數的，越發勸我要多拜佛念經。他說我下巴尖，非載福之相，要我時時心存善念，修心可以補相。可是再怎麼修行，親愛的哥哥已回生乏術，雁行失序的悲痛，每於拜佛唸經時，尤爲刻骨銘心。

十二歲被帶到杭州，與家鄉的小朋友們遠離，尤感孤單。幸不久即考入一所教會女子中學，生活有了大大的轉變。但使我不習慣的是每天早上要做祈禱，每頓飯前要低頭禱告，感謝上帝。每週日要做禮拜。我堅定信佛，因而時常躲到健身房裡，被舍監抓去重重處罰。

做禮拜時，同學們禱告，我就默默地唸心經。但是禮拜堂裡悠揚的琴音和讚美詩聲，有時也會使我很感動。回來告訴母親，母親說：「聖母像和觀世音菩薩不是很像嗎？神佛在天堂上都是要好的鄰居吧。但奇怪的是聖母生了耶穌，親娘與兒子反倒分成兩派，拜聖母的是天主教，拜耶穌的是基督教。」

我奇怪地問：「媽媽，你怎麼知道得這麼清楚？」

母親笑笑說：「我們家鄉不是有兩個禮拜堂嗎？有白姑娘來捐錢的就是天主堂；另外一個是耶穌堂。我問過白姑娘有什麼兩樣，她只笑說不一樣。我對她說我們信佛的不分家，阿彌陀佛、釋迦牟尼佛都是佛，地藏王、觀世音都是菩薩。」

我抱怨學校裡要強迫我做禮拜，母親說：「做禮拜就去做嘛，唱讚美詩就唱嘛，唱歌總是開心的。我聽說他們信教的不拜佛，不吃供過佛、供過祖先的東西，我們信佛的卻肯做禮拜，供過佛和祖先的東西吃了才保長生呢。」

母親的快人快語，眞有道理，我也就安心了。

我逐漸長大了，自初一至高三，六年的中學教育中，實在有好幾位慈愛的好老師。她們都是虔誠的基督徒，對我們無微不至的關懷愛護，使我心感萬分。但她們勸我信教受洗，我都婉謝了，老師們亦不以爲忤。

我每想到母親說耶穌的媽媽和觀世音菩薩是要好鄰居的有趣解釋，不由得也會跟著大家唱起讚美詩來。尤其是唱起有一首詩：「父母兄弟、親戚朋友，有時要分離，耶穌不離開。天地萬物，都要改變，只有耶穌不改變。」心中不免陣陣酸楚。想起哥哥早逝，雙親日益年邁；想起幼年時跪在蒲團上拜佛唸經的情景，和小叔對我說的充滿哲理的話，於略帶悽愴的歌聲琴音中，益感人世的無常。佛教教義的精深博大，實在給與我無限啓迪。

六年的中學生活，我雖未曾接受老師的勸諭信教受洗，但對充滿愛心的虔誠基督徒，永懷崇敬之意。也使我感悟宗教的博大精神，是應當不分彼此的。

高中畢業後，進的又是基督教大學，美國校長的夫人正是我中學英文老師的胞姐，對我愛護備至。她教我英文打字，爲她所帶領的宗教團契服務，使我在爲人爲學方面，獲益至多。她的慈愛和服務精神，尤足爲年輕人的楷模。她多次勸我信教，我總是婉轉地說「等我能再深入了解時再說吧！」但心中仍感到十二分歉疚。

爲此事曾向最敬佩的夏承燾恩師請教。他笑嘻嘻地開導我說：「你不必感到不安，歸依宗教不是禮貌應酬，要心中眞誠感悟才能接受。這就是基督教徒所說的上帝在你心中做工。你既堅定信佛，就是心中有佛，一切疑慮自然消除。你把耶穌也當佛就是了。孔子說過的：西方有聖人，指的就是耶穌吧。」

恩師的一語點醒我，從此不再惶惑不安，不再疑慮不決。並領悟了儒家的仁，道家的自然，基督的博愛，和佛的慈悲，正是一貫的精神。

抗戰期間，飽經離亂喪亡之痛。憂患備嘗中，此心始終能安定且堅持信仰，就是牢記恩師「心中有佛」的誨諭。把人間的一切變遷，都視爲必然因果。於悲懷難遣中虔心唸佛，於一帆風順中也虔心唸佛，正如基督徒的隨時祈禱，將一切歸諸上帝的旨意。

如今回顧往昔，或有因愚昧所犯的罪過，只有祈求慈悲的佛賜予赦免與指引。我要虔誠地唸一聲：

阿彌陀佛！

——原載《普門》佛教月刊

我愛紙盒

我有一份愛紙盒成癡的心情。

究竟是什麼原因呢？說來可眞是話長。

我幼年時，儉樸的母親，從不捨得爲我買一樣玩具。我的玩具都是老長工阿榮伯的一雙巧手給我做的。我最最喜歡的是他用撿來的木片釘的一個精巧木盒。裡面有上下兩層，各臥著一個布娃娃，身邊放著她們的壓歲錢和香煙洋片。我背書背不出來時，就捧著木盒玩，假想這是一幢樓房，上下樓的娃娃唸唸有詞地談天，作遊戲，罵老師。母親在一旁看得高興起來，也會把她那個有鏡子的針線盒拿給我玩，我好開心啊！

有一年中秋節，城裡的張伯母送母親一盒火腿月餅、一盒金絲蜜棗。哇，這兩盒香噴噴的美食，母親供了祖先再遍餉鄰居親友，足足快樂了一個多月。盒子空出來當然歸我了。阿榮伯把兩個盒子做成一頂花轎，轎頂上紮三朵紙花，裡面坐著兩個布娃娃。盒子外面用鐵絲繞四個圈圈，套上兩根光滑的長竹籤。可以用雙手抬著，走來走去，實在好玩。我把花轎抬到東、抬到西，給小朋友們看，也給討厭我的五叔婆看。五叔婆就一癟嘴說：「新娘子坐這種花轎不要悶死了？我當年坐的花轎，邊上是有縫，好透氣的。」母親笑笑說：「透縫的花轎不是新的喲。」五叔婆就生氣了。我和小朋友最最喜歡逗五叔婆生氣，她一生氣就到自己房子裡去，母親一個人炒的菜就好吃多了。

不久，在北京的父親帶著二媽回來了。二媽帶來了很多很多吃的、玩的分給大家，我也有一份。但我好想她丟在字紙簍的一個五彩花紙盒，就伸手去拿。她大聲地說：「不許拿，那是裝桃脯的，黏黏的會招螞蟻。」我只好縮回手。從此我就好怕她，躲得遠遠的。

我還是好喜歡阿榮伯給我用紙盒做的花轎，有一天，我把它放在飯桌上，她看見了，生氣地說：「這麼髒的東西，怎麼放在飯桌上？」我戰戰兢兢地說：「不髒，是裝月餅和棗子的盒子做的。」她越發大聲地說：「怪不得，你看地上不是有螞蟻在爬嗎？」我一看果然有兩隻螞蟻，就驚慌地立刻捧著往廚房跑。她又說：

「不許拿到廚房去，廚房是做吃的東西的，快把它扔掉。」我壯起膽子說：「我不扔，那是阿榮伯給我做的花轎。」她說：「什麼花轎，給你那麼多玩具還不夠你玩的？」我說：「我不要你的玩具，我要花轎。」就捧著它奔向廚房。她追過來把我的花轎搶去，遠遠地扔到天井裡，天正下雨，花轎全濕了，歪歪斜斜地倒在雨地裡，兩條轎槓也掉下來了。

我大哭起來，抱著母親問：

「媽媽，你爲什麼不說話？爲什麼不攔著她扔我的花轎。」

母親坐在竹椅上，沉著臉，把我摟得緊緊地說：「不要哭，你長大了爭氣點，比花轎好十萬倍的東西都會有。」

阿榮伯走過來摸摸我全是淚水的臉說：「你不要心疼那紙盒做的花轎，我再給你用竹子編一個。」

我跺著腳說：「我不要，我就是喜歡那花花綠綠的紙盒花轎。」

從那以後，我雖然好想再有一頂花轎，也常看見從父親屋子裡丟出一些花紙盒，但我牢牢記得二媽那次不許我從字紙簍裡撿花紙盒的嚴厲神色，所以不願去撿。既沒有漂亮紙盒，就沒有請阿榮伯爲我再做一頂花轎。

這一幕不愉快的情景，竟然永難遺忘。幾十年來，我一見到漂亮紙盒，就會想到那被扔在雨地中的花轎，心中浮起永遠的悵恨。

——原載民國八十二年三月九日《中華日報》副刊

奶奶的洋娃娃

鄰居七歲的小女孩玲玲，捧了個大紙箱放在我身邊，喜孜孜地說：「奶奶，我要跟你玩洋娃娃，我有好多洋娃娃喲！」

我高興地說：「好呀！」

玲玲掀開紙箱蓋子，把娃娃一個個抱出來。我一看，都是瘦瘦長長的姑娘，雙手雙腳卻都像柴棍似的，硬幫幫地撐開來，頭髮亂七八糟地披散著。我搖搖頭說：「怎麼這些女娃兒都這樣瘦巴巴的，一點兒也不漂亮呀？」

玲玲有點兒失望，馬上說：「我給她們換上新衣服，梳了頭，打扮起來就漂亮了。」

我只好耐心地看玲玲給姑娘們打扮，她拿起紙盒裡一把小梳子，抓起女娃娃的長髮就使勁地梳，有的編條辮子，有的盤個高髻，梳得不中意又拆了重梳。衣服穿上了又剝下，再把她們的雙手扳得朝天，雙腿轉得一隻向前，一隻向後，像舞蹈的姿勢，玩厭了，就把她們統統扔在地板上，橫一個，豎一個。有的仰，有的臥。

我看了很不忍地說：「你看你這麼折騰她們，她們會生氣的呀！」

玲玲說：「她們不會生氣，她們喜歡我跟她們玩呢。」她就把一個娃娃拿到我耳朵邊，用手指在娃娃胸前一按，說：「奶奶，你聽聽。」

我竟聽見娃娃輕輕地說了聲「謝謝你！」逗得我笑了，心裡想：「現在的孩子可眞享福，我小時候，做夢也別想有這麼多娃娃，想有一個都難呢！」我對玲玲說：「你要好好疼娃娃們，給她們每個人取個名字，中文的、英文的都好，她們聽見自己的名字會更高興哩。你抱她們在手裡，要講故事給她們聽呀！」

玲玲仰起頭問：「講甚麼故事呢？」

我說：「你學校老師講給你聽的，就講給她們分享呀！」

玲玲說：「好，我明天就講，奶奶現在先講個故事給我聽好嗎？我聽，娃娃們不也聽了嗎？」

「好，我就講一個我小時候抱娃娃的故事給你聽。」

我就開講了：

我像你這麼大的時候，跟媽媽住在鄉下。鄰居的小女孩阿玉是我的好朋友。有一天，她爺爺給她從城裡買來一個胖嘟嘟的洋娃娃，抱來給我看。她說：「你可以抱一下就還給我。」

我問她：「一下子是多久呢？」

她說：「你雙手捧著，我數到一百下你就要還給我。」

我心想，一百下滿久的嘛！就抱著娃娃讓她數。誰知她放鞭炮似的數得好快。一二三四五六……一下子就數到一百了。我仍然抱著不放，說：「太快了，再數一百下好嗎？」

她說：「好。」就又放鞭炮似的數了一百下。

我心慌意亂，也有點兒生氣，把娃娃還給她說：「還給你，明天我也要媽媽給我買個比你大好多的洋娃娃，給你抱著玩，我數一千下你才還給我。」

她大笑說：「你哪裡數得來一千下？一百下你都數不清。」

我說：「那我就不用數數，你抱著娃娃，從我家後門走到前門，再從前門走到後門。才把娃娃還我。我家房子好大，你走去走回就要走好半天了。」

她又大笑說：「抱著娃娃走來走去有甚麼好玩？我們把兩個娃娃放在一起，一個扮新郎，一個扮新娘，不是很開心嗎？」

我高興得直拍手說：「好呀！好呀！」

可是，我的大娃娃在哪裡呢？我跑到媽媽身邊，拉著她的衣角央求：「媽媽，給我買個洋娃娃。」

媽媽說：「洋娃娃頭髮亂蓬蓬的像雞窩，眼睛睜得老大，有甚麼好玩？我空下來給你縫個布娃娃，軟綿綿的，晚上放在你枕頭邊聽你唱歌，多好呀！」

我想想也對，就去告訴阿玉，媽媽要給我縫個布娃娃。

阿玉說：「布娃娃一下子就髒了，洗了又不會乾，不好玩。」

我有點兒失望，不敢再去煩媽媽，就求阿榮伯在鎮上買了個蠟做的娃娃。紅短衫，綠短褲，都是用顏色塗的，眼睛鼻子都擠在一堆，看也看不清楚，比起阿玉的差遠了。

我拿給阿玉看，她把鼻子一翹，說：「好醜啊！男不男，女不女，我不要我的娃娃和他配對。」

我感到好傷心，想想媽媽眞小氣，連個娃娃都捨不得給我買。阿榮伯買的又是那麼醜、那麼土，連我自己也好醜好土。阿玉的爺爺常帶她到城裡玩，我卻連鎮上都不能去，因爲媽媽生怕我看見店裡的東西就想買，她叫我要儉省。

我就這麼一天到晚夢想有個洋娃娃。直到爸爸從北京回來，不久就帶我去城裡，但並不是去玩，而是去割扁桃腺。爸爸答應我割了扁桃腺，就給我買個洋娃娃。我好開心，喉嚨割過扁桃腺也不覺得痛了。

出院時，我抱著洋娃娃回家，馬上抱給阿玉看，阿玉這才高興地說：「我們現在可以結親家了；希望一對洋娃娃白頭偕老，我們倆也永結同心。」

阿玉的爺爺教了她好多成語，她就統統搬出來用上了。這回輪到我大笑起來，說：「你說錯了，兩個女娃娃怎麼能白頭偕老，我們兩個女孩子也不能永結同心呀！」

阿玉問：「爲甚麼？」

我說：「老師對我說的，像這種情形，叫做情投意合。」

阿玉說：「那不就是兩個人同一條心嗎？」

阿玉說得也對呀！

……

我講小時候的事兒，講著講著，不禁想起和我一條心的阿玉。玲玲奇怪地問：

「奶奶，你怎麼不說話啦？」

「我在想念我的小朋友阿玉。」我說。

玲玲問：「阿玉是不是跟我一樣大？」

我笑笑說：「傻孩子，阿玉是奶奶的朋友，她也跟奶奶一樣，老得滿頭都是白髮囉。」

玲玲說：「我也好想老，老了就好當奶奶了。」我笑得合不攏嘴，把她緊緊摟在懷裡。心裡想念著海天一角的阿玉，六十多年不通音信，當年玩洋娃娃的她，如今也已兩鬢飛霜，耳聾眼花了。我默默地祝福阿玉身體健康，享受兒孫繞膝的快樂。

我拍著玲玲，玲玲在我懷中睡著了。恍惚中，我又回到抱著洋娃娃的童年了。

——原載民國八十二年三月三十日《國語日報》

雙料冠軍

中學時代，我在體育王老師的心目中，是個無可救藥的敗類，她在我心中則是天字第一號仇人。彼此在校園裡面對面走過時，總是側目而視，一副不共戴天的神情，因而我的體育成績永遠在及格邊緣，六十分，差一分就得補考。但老師也懶得給我這種人補考，以免自找麻煩，這是全校自校長到附小六年級的同學都知道的事。我不但不以爲恥，反因此自視不凡。

不過我仍充份表現了我的團隊精神。凡是班級球類比賽，我一定放下最令我痛苦的數學或物理習題，去當啦啦隊爲自己班上打氣助陣。其實也因爲球員代表中有一個同學是我的刎頸之交。

在健身房裡看比球時，儘管我與王老師仇人見面，份外眼熱。但她對我那股豪然的正氣，也是無可奈何。

有一學期王老師請假，由一位陳老師代課，她高眺身材，標準的北京話，和藹的神情和王老師那張晚娘臉完全不同，全班同學都喜歡她，連我這個敗類對她也無絲毫自卑或畏懼之心。在第一天上課時，她依照各人興趣分組練習各種運動項目。她捧著點名簿一個個認人，當她笑嘻嘻地朝我看時，我忽然覺得自己個子太矮小，什麼運動都不會，簡直一無是處，便喪氣地低下頭去。卻聽她喊我名字說：「你不要膽怯，告訴我你喜歡什麼運動。」我遲疑了好半天，才說：「我什麼都不會，只會走路。」同學們都大笑起來，陳老師也笑了，笑得像一朵花。

「好，你會走路，我就把你排在田徑組。」她說。

「可是我不會跳高跳遠，不會賽跑，媽媽說我心臟衰弱。」我戰戰兢兢地說。

「你放心，你小巧玲瓏，不會跑、不會跳，就比賽走路吧。走路對心臟有益。」

這倒新鮮，走路也可成爲一項比賽項目，使我信心大增，興趣百倍，對體育課馬上不再討厭，而發生濃厚興趣。於是每次上體育課，我就勇敢地參加競走比賽，居然成績優異。到學期終了時，我這個在王老師心目中無可救藥之人，乃得從敗部復活，贏得了競走第一名。

這是我生命史上最光榮的一頁。

下一學期，王老師回來了。我已恢復了自尊心和自信心，對她也不再畏懼。第一節課點名時，她特別對我看了半天，那副晚娘臉也沒有了。我心想一定是代課的陳老師已經告訴了她我競走第一吧，所以她也對我另眼看待起來。

她喊了我一聲說：「除了競走，你也得練練球類。」

果然陳老師已對她誇獎了我。我昂起脖子說：「好，我願意練打球。」

「這個球不用你打，你只要會躲就好了，叫做躲避球。」

同學們都大笑起來，我卻氣得要哭了。王老師難道仍舊歧視我，跟我過不去嗎？但既然是她指派的，我也無法反抗，只好跟幾個和我一樣矮小的同學練習所謂的「躲避球」。一個人扔球，另一個人躲球，以不被撞到球爲勝利。到學期終了時，我又得了躲避球第一名。瞧，我居然是雙料冠軍哩！

爺爺的味兒

十歲的姪孫望著窗外遠處，忽然若有所思地說：

「好久好久沒有聞到爺爺的味兒了。」

「爺爺的味兒？」我沒聽懂他的意思。

他奶奶解釋道：「他在想念他的爺爺啦，因爲他從小喜歡鑽在爺爺懷裡睡。爺爺愛用粗肥皂洗澡，所以有一股子味兒。」

「原來如此，」我就問姪孫：「爺爺的味兒是什麼樣的呢？」

「好好聞啊，暖烘烘的，有點香，也有點臭。」

「那你快寫信去催爺爺來嘛。」

「我寫啦，但是爺爺好差勁，都不回我信。奶奶說他太忙了，說他是個科技專家，還被請到俄羅斯去商談技術合作呢。奶奶說西伯利亞好冷好冷，爺爺睡在被窩裡，是不是還有那股子味兒呢？」

他胖嘟嘟的圓臉，一對烏黑的眼神中，看出他是多麼想念遠在地球那一邊中國大陸的爺爺啊！

爺爺的味兒確實好溫暖，我也想起自己幼年時，爺爺去世太早，是由慈愛的外公牽著我小手長大的。外公是種地的農夫，高高瘦瘦的個子，四肢靈活，走起路來，健步如飛。他每年臘月都來我家過年，背上揹一個大布袋，裡面是他自己做的百果糕和山楂果，命媽媽祭了祖先灶神後再分給孩子們吃，保佑我們長命百歲。外公一來，就叫老師放我年假，那半個月，是我一年中最快樂的日子。坐在外公懷裡，聽他講那些講了幾百遍的故事。外公的厚棉襖裡，散發出一陣陣的味兒，暖烘烘的，好好聞，聞著聞著就安心地睡著了。外公說自己是吃山薯長大的，所以身上有一股子山薯的香味。他愛喝酒、喝茶，所以又有酒香、茶香。媽媽說外公長年不洗澡，因而還有一股子汗香，外公聽了張開缺牙的嘴呵呵大笑，笑起來更有一股子旱煙香。但他抱著我的時候是不抽煙的，生怕燙到我。

如今回想起來，外公的各種味兒，不也就是姪孫想念的「爺爺的味兒」嗎？

外子每回聽姪孫唸著爺爺，就會想起他弟弟幼年時活潑頑皮的神態。年光飛逝，如今那頑皮孩子都已做了爺爺了。我們兩次回大陸，都與他相見暢敘。他雖也已兩鬢飛霜，而手足重逢，歡慰中仍顯露出一臉的純眞憨態。他興高采烈地對他哥哥說著他的工作計畫，一停下來卻就拍著膝頭呢呢唔唔地唸起來：「我的小白豬，我可愛的小白豬。」因爲他白胖的孫兒是屬豬的，我對他說：「小白豬好想念你啊！你的小外孫女也好想念你啊！快快結束你的工作，到美國去一家團聚，讓小白豬和小外孫女多聞聞爺爺的味兒吧。」

他笑咧著嘴說：「可不是嗎？儘管我那小外孫女兒愛乾淨，我還是要摟著她，讓她皺起眉頭，聞聞爺爺的味兒呢？」

對著他那一臉笑逐顏開的神情，我不由得想像他童年時的天眞憨態。他們兄弟倆，是不是也愛投在爺爺懷裡，聞爺爺的味兒呢？

——原載民國八十三年一月九日《中華日報》兒童版

喝過淨水的孩子

我是從濃厚的佛教氣氛中長大的，我的雙親、我的老師，都是虔誠的佛教徒，老師在我考取初一以後，就飄然引去，出家爲僧了。

五歲時，老師教我認方塊字，他在四方紅紙上寫了一個字，高高舉起，笑嘻嘻地問我：「知道這是什麼字嗎？」我立刻說：「人字」。老師搖搖頭。我心裡想，小叔不是一天到晚唸「人、手、足、刀、尺」嗎？這不是人字又是什麼字呢？老師教我合掌向佛拜三拜說：「這個字是『佛』字，佛保佑你長生、聰明。」

我第一個認識的字就是「佛」字，我馬上朝佛堂拜了三拜，好高興我已認識筆劃這麼多的一個字了。因此一翻開書或報紙，第一就找「佛」字，因而把「弗」字也看成「佛」字。認識「佛」字以後，覺得「人手足刀尺」好容易啊！

每天清晨，我必定跪在佛堂前，跟母親唸心經白衣咒，再唸阿彌陀佛、觀世音菩薩。唸佛珠掛在頸項上，撥完兩圈，再拜三拜，然後母親把換下來的一杯淨水給我喝。我說上面有香灰，母親說「香灰才好啊，保佑你平安。」喝完了那杯淡淡的淨水，我就要求吃一塊麥芽糖。

數十年來，迭經喪亂拂逆，在驚惶、煩亂、不安之時，心中自自然會升起慈悲的佛像。喃喃地唸著佛號，也會想起幼年時，跪在佛堂前喝淨水的情景，幾位慈愛的親人臉容，也都同時出現眼前。我立刻就覺得有勇氣面對憂患，心頭感到一陣溫暖，眼也因淚水的洗滌而愈益清明了。

總記得老師對我說的：「你下顎很薄削，恐非載福之相，但修心可以補相，你一定要修行積福。」我非常相信「修心補相」這句話，因此我總是時時在心中存著好的念頭，記住別人對我的好，想著世間許多苦難需要援助的人，覺得自己眞是幾生修來的福，能平平安安活到六、七十歲。

我因而懷著滿心的感謝，願有以回報人間。一個人如心中沒有怨恨、恐懼、徬徨之感，出現在臉上的，不就是安詳快樂的神情了嗎？

境由心造，相也由心造，修心補相，也是這個意思吧！至今，我時常滿足地想到自己當年是喝過淨水的孩子，如今雖已步向老年，而淨水給我的智慧與福澤是無窮的。因爲那點滴清泉，時時在提醒我，所謂「佛法無邊」，就由於廣大無邊的慈悲。敬奉佛、心存慈悲之念，祈求的不是個人的福祉，而是整個世界，整個人類的和平幸福啊！

和老師講禪話

我七八歲的時候，隨媽媽住在鄉下。由一位信佛的老師教我讀書。我不肯用心認字背書，卻愛聽老師和一位叔叔講些我半懂不懂的「禪話」。叔叔很疼我，有時候也教我講「禪話」。

有一天下大雨，我趁老師打瞌睡，偷偷出來站在廊前吃麥芽糖。沒想到老師已經走到我後面，大聲問：「你不讀書，在這裡看什麼？」我嚥下麥芽糖，說：「看院子裡大大小小的水泡，一會兒合在一起，一會兒都破了。」老師又問：「你聽見什麼？」我說：「聽見雨滴打在瓦背上，像很遠又像很近的樣子。」老師再問：「你在想什麼？」我低聲說：「想老師有一天要去當和尚了。」老師笑起來，摸摸我的頭，問：「那麼你跟誰讀書呢？」我立刻說：「我不要讀書。我要陪媽媽念經拜佛，保佑老師早點得道升天。」說著說著，我竟然哭起來了。

事隔幾十年，我仍然記得這幕情景。現在把這事說給小朋友們聽，心裡還是很難過。不知道自己當時爲什麼會哭，是不是老師太嚴厲？還是因爲捨不得他去當和尚呢？

別針風波

整理抽屜，撿出一枚精巧的胸針，擺在手心仔細欣賞，卻想起了中學時代的一段有趣往事——那是整整六十年前的陳年舊事了。

那時我是初中三學生。每週五的週會，我們初三一班和高三一班並排兒排成兩行，隨著悠揚的鋼琴聲，慢慢進入禮堂。全班同學都昂起頭，覺得自己好神氣啊，因爲馬上就要畢業了。校內的畢業考試已經通過，全班甲等，全班都是高材生。把校長、教務長、訓導主任樂得嘴都合不攏。各位老師也都對我們另眼看待。校長不再用一對圓圓的銅鈴眼瞪我們，不再檢查我們制服是不是穿整齊，頭髮是不是齊耳根。我心裡好輕鬆，忍不住在口袋裡摸出最心愛的一枚別針，別在胸前，得意洋洋地向前走去。慈愛的訓導主任對別針望了一眼，笑了一下，點點頭。近視的教務主任瞇起眼睛看半天，伸手摸了摸，也點點頭。校長沒有站在旁邊，她是要陪教育廳一位什麼貴賓坐在講台上的，我不用擔心她看見。心中覺得自己好神氣，比同學們高了一尺，因爲我有一枚美麗的別針。

別針是母親給我的。三顆圓圓的珍珠，擺成一個三角形，左右上角配兩片橢圓的紅寶石，變成一隻蝴蝶。實在玲瓏可愛。母親平時是不許我戴的，只有在我生病發燒躺在床上時，才許我別在袖子上左看右看，帶著滿心歡喜入睡。這回是初中畢業的最後一次週會，我央求母親讓我在同學面前出出風頭，她含笑同意了。

大家在禮堂裡坐定以後，校長陪了教育廳那位貴賓進來，請他上台去演講。他講得口沫飛濺，我們都鴉雀無聲，只聽他滿嘴的「婦扭、婦扭」，後來才知道他是說「婦女、婦女」。我們邊笑邊輕聲學他說話，同學們又都伸過頭來看我胸前的別針。不料校長忽然走下講台，一直走到我這一排，指著我說：「把別針取下來，現在不許戴。」我戰戰兢兢取下別針，放回口袋裡，只好又做出很專注聽講的樣子。

將散會時，卻聽見後排的同學菊芳對另一同學蘭生說：「你看她今天戴了別針好神氣，還不是挨了校長的罵，只好收起來。等一下我們趁她不備把別針偷來藏好，看她會急成什麼樣。」蘭生沒有作聲，但她一定是同意合作了。我心裡好氣，因爲蘭生是我最信賴的同學，她居然也要和人聯合捉弄我，那我就先捉弄她們一下。回到課室裡，我就把別針包好放在座位下抽屜的一角。在英文課下課以後，我忽然大喊我的別針不見了。此時，蘭生以爲是菊芳已把它偷去藏起來，菊芳以爲是蘭生把它偷去藏起來，二人相視而笑，我心中暗暗得意，她倆上了我的當了。直到她們知道彼此都未對我下手時，蘭生倒爲我著急起來。猜想是否從禮堂回教室時，別針掉在樓梯上了。於是她就上下樓梯好幾次爲我仔細尋找都沒有影子。我心中越發得意，卻越發做出焦急的樣子，蘭生就越發爲我擔憂，深恐我回家受母親責備，也爲我心疼美麗的別針沒有了。她再三對我說：「你回家千萬不要說別針丟了，明天我們再在草地上找找看，也拜託工友在打掃禮堂時，在每張椅子下仔細看一下。」她這樣細心體貼我，我心裡萬分不安起來，很想向她招認，別針是我自己藏起來嚇唬她們的，但又一時不好意思開口承認。直到快放學時，我想從抽屜裡取出別針，再向她們說別針找到了。我不能一直欺騙她們，回家後會一夜睡不安的。當我理好書包，在抽屜裡仔細一摸，別針沒有了，眞的不見了。這下子我不禁大叫起來，「我的別針眞的沒有了。」聽得蘭生目瞪口呆，奔過來問我：「你怎麼現在又叫呢？別針不是在早上週會時就不見了嗎？」這時我才邊哭邊一五一十對她說了眞話。但現在自己藏別針的地方卻被別人發現取走，這下怎麼辦呢？蘭生雖然有點怪我不該騙她，害她一直爲我擔心，但別針眞丟了她更爲我擔心。這時菊芳走過來笑嘻嘻地問：「什麼事這麼緊張，別針丟了嗎？」我啼笑皆非，也不知如何對她說才好。我原是想捉弄她們，反而受到現世報，卻又不願向菊芳吐露眞情與內心的惱恨，只呆若木雞，一聲不響。聰明的蘭生卻看出菊芳的表情有異，就問她：「你爲什麼笑？你看到沒有？」菊芳從口袋裡慢條斯理地摸出別針說：「別急啦，在這裡。」我眞是又高興又生氣，高興的是別針無恙，生氣的是菊芳怎麼會從我抽屜裡拿走別針，她終究還是捉弄了我。我輸給她了。

我接過別針，緊緊捏在手心，咬牙切齒地說：「我戴我的別針，爲什麼要別人看了不順眼？我又不是偷的。」菊芳笑容頓斂，也生氣地說：「難道你以爲我要偷你的別針嗎？」

我好像受了無限委屈似的，抽抽噎噎地哭起來。蘭生馬上用雙臂圍抱住我，安慰我說：「不要生氣了，大家都是要好的同學，都沒有壞心眼兒的，只是開個玩笑罷了。」

望著蘭生大姐姐般友愛的神情，我內心又懺悔、又慚愧，也忍下了想對菊芳再說報復的話。

我把別針帶回家中，還給母親，烏煙瘴氣地說：「媽媽，我再也不要戴這枚別針了。」母親笑嘻嘻地問：「怎麼啦？是老師不許你戴嗎？本來嘛，穿制服怎麼能戴珠光寶氣的別針呢？」母親越說我越傷心，禁不住又流下淚來。也忍不住把這段偷別針的玩笑事仔仔細細對母親說了一遍，她邊聽邊笑，把我緊緊摟在懷中，拍著我說：「不要哭了，同學像親姐妹，越吵越親嘛！」

如今我撫摸著這枚別針，兩位同學頑皮的神情，母親慈愛的容顏，都浮現心頭。年光卻已逝去整整六十年，一個甲子。

與蘭生在美重逢，歡聚中曾和她談起這段往事，她只是笑，卻已恍恍惚惚不記得了。三年前，她竟以心臟衰竭突然逝世。故舊凋零，當年同窗也都風流雲散，少女時代點點滴滴的往事，就讓它塵封在記憶的一角吧！

——原載民國八十三年三月二十九日《聯合報》副刊

中個女狀元

記得小時候，母親總在廚房裡忙得團團轉，叫我走開別纏她。還生氣地說：「我眞要去跳潭了。」嚇得我連忙躲到姑婆懷裡，慈愛的姑婆摟著我，捏起我的小胖手，低聲唱：「十指兒尖尖會繡花，雙腳兒尖尖會當家。」母親卻馬上說：「我要她一雙大腳跑天下，十指尖尖寫文章，寫的文章長又長，將來中個狀元郎。」姑婆說：「聽見沒有？把書唸好，字寫端正，長大了要考個狀元郎喲！」我看母親一會兒生氣，一會兒笑，就噘起嘴說：「媽媽還說要去跳潭呢，一直也不跳。」姑婆輕輕拍了下我一巴掌說：「你這個笨丫頭，你媽媽跳了潭，你還活得了呀？」母親聽見了，走過來摸摸我的頭說：「你還沒長大，我怎麼能跳潭，我還等著你中女狀元呢。」

我知道女狀元就像戲台上穿大紅袍、帽子上插了兩枝花的大官，好神氣喲。就在心裡想，一定要多認識幾個方塊字，把作文作好，考個女狀元，讓媽媽和姑婆高興。

考個女狀元是我童年的夢，一直伴隨著母親的笑影淚光，牽引著我長大。可是中學六年，由於數理成績較差，很少能爭取到全班第一名，心中十分懊惱。幸得在上海唸大學時，有一次四所教會大學聯合舉行作文比賽，題目是〈中學六年級作文集序〉。由於我背的古文較多，這個題目寫來得心應手，竟得了第一名。馬上寫信告訴母親。叔叔來信說，母親笑得幾天都合不攏嘴，告訴左鄰右舍，說我眞的中了女狀元了。

大學一畢業，我連忙寄一張戴方帽子、披學士袍的照片給母親。叔叔又來信告訴我，母親把照片放在枕頭邊，每天早晚都捧在手裡，瞇起近視眼看了又看。對姑婆說：「有這樣爭氣的女兒，我不用去跳潭了。」

親愛的母親啊！您那裡知道，時代不同了，大學畢業生滿坑滿谷，戴頂方帽子，那裡能跟古時候穿大紅袍的狀元郎相比呢？

但無論如何，那畢竟是母親惟一的安慰，也是我最大的鼓勵。

從大陸到臺灣後，為了生活，用非所學地進了司法界當一名區區的記錄書記官。不久由司法行政部調司法人員訓練所受訓，以成績優良，結業時名列第一。外子捧著我那張編了第一號的結業證書，笑對我說：「這一次你總算如願以償。」我茫然地望著他，他解釋說：「因爲『書記官』的名稱，聽起來好歹也像是個『官』吧。何況你又是第一名，證書是部級機關所頒，不等於中了女狀元嗎？」如此說來，我也算過了「官癮」了。

記得當時司法界前輩林紀東教授曾當面嘉勉我，勸我參加司法官考試，我卻以無信心也無興趣，辜負了他的好意。何況即使眞的當上了司法官，威風如披大紅袍的女狀元，以我優柔寡斷，狠不起心腸的性格，恐怕當不了三天官，就要「解甲歸田」了。

所幸的是「中個女狀元」的童年美夢，使我永遠像伴隨在慈母身旁，兢兢業業地讀書、寫作。中不了「女狀元」，反倒「無官一身輕」呢！

——原載民國八十二年四月十八日《中央日報》副刊

第三輯

我寫作的信念

四十年來的寫作

四十年來，我一直兢兢業業地沒有放下筆，一來是由於寫作是一份旨趣，放棄了會感到空虛。二來則是希望寫作鞭策自己日新又新，至少使心靈與思維保持敏感清新。所以寫作與讀書是我的終生寄託，在這方面的鍥而不捨，只是歷程而不是成果。我無論怎樣忙亂或心情欠佳時，一投入寫作，煩憂就會丟諸九霄雲外。雖然文章裡有喜有悲，那是忘我的悲喜，是超越於塵緣之外的悲喜，即使流淚也是快樂的。

我的作品，從構思到完成，過程是相當辛苦的。對自己來說，也是一種快樂的煎熬。也許有人認爲寫散文不比寫小說，小說要安排故事，穿插情節，描繪人物，呈現主題。散文則是直抒胸臆，正如胡適之先生說的「我手寫我口」。但文章究竟不同於口語，不能不下一番修飾工夫。古語說「言而不文，行之不遠。」我們讀古今名家散文，無不字字璣珠。我是念文學的，也愛詩詞。在一篇稿子寫完以後，總要來回讀好幾遍，檢討上下文語氣是否貫穿，全文前後是否呼應，是否有矛盾。遇有句中聲音太接近的字或重複的字，總要盡量修改，盡量做到「文從字順」。我不喜歡玩文字遊戲，或故作驚人之筆。認為「平易」並不是「平淡」、「平庸」，要寫到平易，才是工夫。

寫作是快樂的煎熬，也是苦樂參半。當一篇稿子寫到一半，突然思路不通，卡住了，那眞是懊喪萬分。只好廢筆而起，外出散步或做家務、手工，整個把它忘掉，回頭來再提筆。如仍繼續不下去，就把稿子撕去，相信人人都有此經驗。我不是天才，很少能有一氣呵成的文章，總是塗塗改改，抄了再抄。儘管再抄的字跡仍一樣不成形不成體，而文章卻漸漸成形成體了，到此時，心頭的快樂無比。

童年時代雖讀過古書，但都是有口無心的背誦。直到高中大學以後，經幾位恩師指點，才眞正體會其中奧妙。尤其是左傳史記中的許多篇章，讀一遍有一遍的領悟，覺得現代學者的許多文學理論，種種的主義等等，都包含在我國古典巨著之中了。此二書對散文小說之創作，可取法之處不勝枚舉。至於歷代大家詩詞，選若干篇自己所喜愛的，時時默念背誦，則有陶冶性靈，拓展胸襟之功。於哀傷憂患中使我振奮，引導我走上人生正路。默誦詩詞眞有如信徒們的祈禱一般。

奧爾訶德的小婦人一系列三本小說，我一直愛不釋手。這是我中學英文課本，老師講解時對於我們的爲文爲人，啓發至多，至理名言，念念在心。三書的英文平易而美妙，寫平凡的家庭親子之情，安貧樂道的高潔情操，一片厚道樸質的氣氛，洋溢全書。故事的穿插，人物的描繪，亦極爲自然生動。作者於無技巧中見技巧，功力實不遜於其他許多名著。《小男兒》則是極好的兒童文學，老少咸宜。我喜愛這三部書遠勝於《咆哮山莊》與《傲慢與偏見》。我是不研究西洋文學理論的人，讀小說只憑一己的愛好與直覺而欣賞，《約翰克利斯朵夫》寫主人翁在「善與惡」、「成功與失敗」，「享樂與苦難」之間的顛簸掙扎，深刻萬分。細讀一部好的名著小說，獲益豈止在寫作技巧上的領悟而已。

我在司法界工作達廿六年之久，有一度曾任刑庭記錄書記官之職。面對社會的醜惡面，對人情世事與人性也更多一層認識。幸運的是獲得一二位仁慈老法官的指點誨諭，又憶起先父母與恩師慈悲爲懷的教誨，愈加希望能以文學的力量，轉社會的戾氣爲祥和，轉人世的煩惱爲菩提。所以廿六年的漫長歲月，不但沒有消磨我的志氣，反給我更多的歷練。我訪問了監獄裡的受刑人，有許多受刑人還和我通信傾談悔過自新的心情，使我編寫教化教材，更具信心。我深感監獄受刑人教化教育工作，比正常的學校教育，要付出更多的耐心與愛心。我也曾以法官與受刑人的題材，寫過幾篇短篇小說，也是一份「哀衿勿喜」的深刻體驗。

我最愛的書是《左傳》、《楚辭》、《史記》、杜甫、白居易詩、蘇東坡、辛棄疾詞，王陽明的《傳習錄》。小說最愛《紅樓夢》、《聊齋》、西洋小說最愛《約翰克利斯朵夫》、《簡愛》、《黑奴籲天錄》、《小婦人》、《好妻子》、《小男兒》、《紅字》、《塊肉餘生記》等。

我沒有寫過多少部兒童文學作品，《賣牛記》、《老鞋匠與狗》是我的即興之作。此外還有《琦君寄小讀者》（即《鞋子告狀》一書）、《琦君說童年》。我不談兒童文學的寫作技巧，只是寫出使兒童們會受感動的兩個眞實故事。沒有幻想與虛構，沒有渲染。此外大多寫兒時生活的回憶，小讀者們都很喜歡。我寫作時，就回到兒時的心情，實實在在地寫出當時的情景，因此現在的孩子們與老年人（當時的孩子）都喜歡看。我在寫的時候，自己當年那個傻傻的樣子就在眼前，所以並不覺得是在寫回憶，只覺得自己又變成孩子了。如今雖已年逾七旬，但從不去想自己的年齡，可說是眞正的「忘年」，只想到自己還有好多書要讀，好多文章想寫。遺憾的是時間不夠，而且看過的書，查過的英文生字，轉身即忘。因此奉勸年輕朋友，千萬愛惜光陰，趁年輕記憶強時多讀書多吸收，在成長中慢慢消化。培養辨識力、思考力，知道如何取捨。所謂的「智慧」，我認爲並非天生而是培養的。天賦予我們都是同樣的腦筋，看你是否肯運用，肯思考，否則腦筋就長鏽了。

青年人喜歡新奇是好事，但一味追逐新奇，模仿新奇，而不憑自己深切的感受而寫，縱然可以取寵於一時，也不是永久的。我國古典文學寶藏無窮，可以由淺入深，慢慢地讀，慢慢地培植起深厚根基，然後或同時涉獵西方名著與文學理論。對中西文學之異同，心中自有尺度，就不至一味「崇」洋，或一味「泥」古了。朋友們都說我的散文中人物有小說的味道，但僅僅有「味道」是不夠的。小說必須著意安排，強調，虛構，穿插，而我記憶中的人物實在太鮮活，太眞實，我不忍心著意描繪，深怕他（她）惱怒而遠離了我。還有些我想起來就不愉快的、曾給我極大痛苦的人物，我又沒有一支兇狠的筆，一顆報復的心去寫他（她）們。因爲恩師與先母對我說過：「時時要有佛家憐憫心腸，不要著一分憎恨」。由於這種矛盾心理，我筆下也產生不出反派角色，因此我永遠只能寫溫厚善良人物。

但近年來，我時時有想寫小說的意念。我想起《小婦人》裡除了馬叔婆有點古怪脾氣以外，不都是善良到極點的人物嗎？而且到了「看山又是山」的今日，正該調轉筆來，於散文之外，再寫點小說以自娛了。我在寫第一篇小說〈姐夫〉，被《文壇》創刊號以第一篇刊出時，就曾對自己許下願心，我要寫篇長長的好小說，悠悠幾十年飛逝而去，這篇小說在那裡呢？我對自己又如何交代呢？歲月不居，不知道上天留給我的還有幾年？我眞的還能寫嗎？而那個時代的人性，那些人物的悲歡離合，和彼此之間的傾軋，他們的愛與恨，不寫出來，豈不都將被我埋沒了嗎。

再嘗試寫小說，固然是另一種挑戰，我又怕注定會失敗。因爲愈看新秀的作品，我愈迷茫，小說究竟應當怎樣落筆。我終於想起恩師的教誨：「任何文章都可以讀，都可以寫，但求不失卻自我。」那麼還是照著自我既定的方針，寫自己熟悉的人物，不要去關心什麼主義或理論了。

中國古典詩詞，蘊藏至豐，多讀、多體會，自可以引發興趣。不一定懂得技法與音韻平仄，只要於朗誦時心中有一分意境和美的感受就有益了。現代詩我雖不懂，但現代詩人多半於舊詩詞有深厚素養。新詩想像之豐，比擬之鮮活，遣詞練句之精，多讀可有助於散文之凝練。我喜歡將西洋名著翻譯與原文對照起來細讀。這並不是偷懶，而是可以體會譯者對原著領悟之深刻，和他翻譯時一字不苟之苦心。

因而對兩種不同語文在思想感情上之精妙表達方式，有了貫通，於其中可獲得無窮樂趣。這也是一種進修英文與練習寫作的方法。

我始終認爲，創作上一個最重要的字就是「誠」。「誠」就是眞摯的感情，正確的思想。古語也說「修辭立其誠，不誠無物。」沒有眞切的感受，只是在文字上玩技巧，終落得空疏無內容。秉一個「誠」字而寫，便是至情至性的好文章。

其實寫什麼內容都無關係，只要是自己的深切感受。一花一木，一粒沙子中都可見大千世界。只要不是爲文造情，只要不寫夢囈似的叫人看了如墮五里霧中的文句。能寓情於事，寓理於情的，都是有可讀性的好文章。

至於緬懷舊事之作，必須要對現實人生有所啓迪，不能一味懷舊，否則那眞變成「今之古人」，一點時代意識都沒有的陳腐人物了。

舊書新意

文友喻麗清在她的隨筆中說：「讀舊書，可讀出新意來。」她說的舊書，不一定是指古書，而是泛指已經讀過的書。讀一遍自有一遍的心得，所謂溫故而知新也。

現代人生活節奏快速，但無論如何，總要有個意定神閒，與書為友的時刻。見聞日廣，領悟益深，心胸自然開闊了。

在今日多元化的社會情態中，各種書刊，如潮湧來，令人有目不暇給之慨。但開卷總是有益，他山之石，可以攻錯。讀舊書可悟出新意來，讀新書也可悟出舊意來。此「舊書」則指的是「古書」。於是新舊交融，上下貫通，可獲得無窮樂趣，眞個是「書中有眞味，欲辯已忘言。」

但有時讀某些「現代派」作品，卻似乎是詩非詩，文非文，亦詩亦文，不詩不文，似小說非小說，說理乎？抒情乎？使我這個「今之古人」如墮五里霧中，只好自嘆追不上潮流，落在時代後面吃灰塵了。好友常笑我頭腦冬烘，不合時宜，乃以「今之古人」雅號見贈，自感當之而無愧呢。

現代人有借用哲學術語的「幾度空間」論寫作技巧者。某次一位作家在她的演講中說寫小說要有「三度空間」。即作者、讀者、書中人物都各有空間，可惜我未去聽。據我想，大概是作者在寫小說時，全心靈注入作品中，這是作者的空間。但他必須設身處地，以書中每個人物的心情爲心情，這是書中人物的空間。但有時又必須跳出此二者，以第三者純客觀的眼光來描繪一切場景與心態，這是給予讀者的空間。但若該小說是採用第一人稱「特定觀點」的手法，則只能透過小說中的「我」來體認一切，而無法用第三人稱的「全稱觀點」來透視一切了。

這是我粗淺的想法，瞎子摸象，不知有當否。我也曾試讀那位作家的小說，發現他在敘述中常忽然加入「讀者」二字，覺得文氣頗有點被割裂之感。仔細想想，也可能是這樣喊一聲「讀者」，是爲了引起讀者注意，給讀者一點空間吧。想起舊小說中寫到精采之處，就喊一聲「看官們」，可能是同一用意吧！若眞是如此，則也算是一種新舊筆法的交融吧。

但我認為，無論散文、小說、詩，總要能引起廣大讀者共鳴的才是好作品。也就是說，文筆方面，必須用的是大家的共同語言，不作怪，不賣弄技巧，不標新立異，不譁衆取寵。方言可以有限度的運用，是為了傳眞傳情，而不是故意刁難讀者。太史公寫史記也偶用方言，或用重複字以形容口吃，就非常傳神。當年王文興的《家變》固曾轟動一時，作者是以「文字變」象徵「家變」、「心理變」，有意於福建方言的描摩。但通篇都如此，使讀者們讀得十分辛苦，也就感到留給讀者的空間太少。當年我也是用心的辛苦讀者之一，還曾寫了一篇讀後感刊於當時的《書評書目》月刊上以就教於高明。如今事隔多年，對該書記憶猶新。可見一種特殊的文體也產生特殊的作用吧。可惜該書無法譯成異國文字以保留其方言特色。此是題外話，順便說說而已。所以我主張文筆要儘量用共同語言，才能引起共鳴。

至於內容方面，散文是抒寫個人的思與感，態度必須誠懇。第一不要揚己貶人，不謾罵，不諷刺。文字要寫來順手，讀來順口，聽來順耳。於平易中見深思，於眞摯中見胸懷。小說的情節須從人性出發，從生活著眼（海明威語）不離奇怪誕，不渲染色情，如此才是天地間一等好文章。

古人說：「書信是千里面目」。今日大衆傳播如此發達，文章見諸報刊，豈僅止千里面目而已？故下筆之際，不可不謹愼，不可不誠懇。

總之，要敬重讀者，時時把讀者放在心中，如同與好友對談。你的作品才能引發讀者的共鳴，才能眞正享受到寫作的樂趣。

——原載民國八十二年八月二十八日《世界日報》副刊

我寫作的信念

數十年來，我一直只以一份非常單純的心情，從事寫作。從來沒有試著去探討生命的價値，文學的使命。也不去煩心適合甚麼潮流，或刻意為自己建立起甚麼風格。

我只相信「文章千古事，得失寸心知。」我總是兢兢業業，誠誠懇懇地寫我的所見所聞、所思所感。心靈上確實獲得無比的欣慰，所以我始終抱持著對文學單純的信念。

也許是由於我當時所處的社會環境，不像今天這般多元化地複雜，文學上也沒像今天這麼多的理論。西洋文學教授學院派的理論，也只限於課堂中的講授，還很少看到有哪個作者，根據甚麼文學主義，甚麼文學派別而寫散文小說的。

可是時下有些文章，虛無縹緲，不著邊際，滿紙人生哲理，擺出一副悟道者的姿態，卻看得人一頭霧水。

幸得我本身喜歡單純，即使有甚麼新潮流、新風格，對我也產生不了衝擊力。

我認爲處在這個大時代裡，一個人只要他熱愛生命，關懷世事，有豐富的同情心，有強烈的是非感，隨處都是寫作題材。大之可以「放眼看天下」，小之可以愛憐枝頭小鳥。可以懷鄉土，也可以四海爲家。大題可以小寫，小題可以大作。

文學的路是一條康莊大道，卻是永無止境的。

莫泊桑說，「天才的成就，是由於恆久的耐心。」我永遠記得恩師當年誨諭我們的話：「不必強求做詩人，卻必須培養一顆詩心。不必是一個宗教信徒，卻必須要有一顆虔誠的心。」「詩心」就是「靈心」，也是對萬物的愛心。袁子才說：「吟詩好比成仙骨，骨裡無詩莫浪吟。」教人要自自然然地培養「仙骨」，也就是培養氣質。多讀、多寫、多體認，日久自然形成自己的風格。

風格是作者品格的表現，是無法僞裝，也無從模仿的。你會喜歡或仰慕某人的文采風格，但卻不必刻意模仿。不隨人腳跟、學人言詞。比方有的人喜愛張愛玲的小說筆調，學得非常像（也許不是學，而是她們天生的像。）也只不過是第二個張愛玲。

那麼爲什麼不建立自己的風格呢？陸放翁說：「文章本天成，妙手偶得之。」各人有他自己的妙手，何必模擬別人呢？

至於對現社會許多缺失或醜陋面的報導，如果落筆之際，是懷著熱誠與善意，不故意渲染，不爲了表現而繪聲繪色，倒也是作者的一份使命感。如爲了譁衆取寵，或有意醜化人生，那就不值一顧了。

比如時下許多作家，在文中或多或少點染色情，有的更是大量曝露，而美其名曰「人性的寫實」，這些「現代思潮」，我稱之爲「新色情派」。

醜陋面不是不可以寫，因爲人生不如意事十常八九，若故意報喜不報憂，一味歌頌美好，是有違寫作良知的。正爲這點良知，著筆之際，必是滿心的同情悲憫，務求喚起世人關懷，以求改進，則其作品必不至產生負面作用。若是有意對暴力色情繪聲繪色，以滿足讀者好奇心與某方面的欲望，而引誘心智未成熟青少年讀者誤入歧途，認爲文學的眞面貌原當如此。這樣的作者，縱能譁衆取寵於一時，而在眞正文學的國度裡，是沒有地位的。

每個人的秉性不同，所受的教育背景不同，對文學的見解也不同。我始終是主張文學應當多發揚光明美德，這是我國幾千年的文化傳統精神，我們可以擷取西方文學的技法，但不可揚棄本國的固有精神。

我最最服膺毛姆的一句話：「寫小說是七分人生，三分技巧。」寫小說如此，寫散文也如此，所謂「世事洞明皆學問，人情練達是文章。」對人生體會愈深，心情必將愈諄厚愈包容，也愈能寫出蕩氣迴腸的文章。不要擔憂技巧不夠，技巧是爲了表達豐富的內涵而逐漸歷練出來的，更不必爲五花八門的文體而困擾分心。

記得我中學時，國文老師引美國總統林肯的話誨諭我們做人與作文。林肯先生說：「人，要有複雜的腦筋，與一顆單純的心。」單純的心就是一個「誠」字。任是今日紛亂多變的環境，一個虔誠從事寫作的人，都要冷靜下來，把握這顆心。觀照，體認，同時多讀眞正名家散文。（不一定是排行榜上的暢銷書，寂寞的好書多得是。）

散文的範疇，原有廣義狹義之分。廣義的包含一切應用文、公文書，可說是非文學的。文學的也分訴諸理念與訴諸感情的兩種，前者爲歷史文學、傳記文學、報導文學，方塊雜文等等。後者指的純抒情散文，都可達到極高的境界。上乘純文學散文，必能寓理於情，以情現景。不談大道理而至理自在其中，不著意抒情而情自見。拿古典文學來說，我國的史記、左傳、國策、通鑑是最好的歷史、傳記文學，也是散文的最高準則。唐宋古文，有說理抒情，有抒情記事，篇篇都百讀不厭，一遍可有一遍的領悟。文章所含的情要眞，情眞語摰，是天下至文。文字要精，就是字斟句酌，以最恰當之字，表達心意，但並不是矯揉造成的詞勝於情。風格要新，就是不隨人腳跟、學人言語。寫作的心情要輕，那就是不要抱太重的得失之心。一篇文章發表了，獲得贊賞自是欣慰，受到批評或冷落了，不要灰心，毀譽都是一份磨練。

記得恩師有兩句詩：「短髮無多休落帽，長風不斷任吹衣。」今天複雜的社會形態，正是「長風不斷」，讓我們穿著樸素的一襲青衫，在長風中益見其飄然之致吧！

鄉土情懷

言爲心聲，文以誌言，語言文字原是表達思想感情的。一個有思想感情的人，哪有不懷念自己出生長大的家鄉的？家鄉的風土人情，家鄉的生活習慣、衣著、飲食，那一樣不令人懷念呢？張素貞教授說得對，「作家寫作總不免寫自己所熟知的鄉土，呈現了他的鄉土情懷。」這也正是作品的眞誠可貴處。王粲說：「人情同於懷土兮，豈窮達而異心」正是此意吧！杜甫吟「月是故鄉明」，立刻引起讀者的思鄉情懷，誰會認爲杜甫是個狹窄的本土主義者呢？

至於作品中方言的運用，若能恰到好處，正可以增加文字的鮮活性，與對人物語言神態的刻劃，連太史公寫史記，都間或引用方言呢。但是過份氾濫則將阻礙了與讀者思想感情的溝通。

我倒是想起自己初到異鄉時語言不通的苦惱。我是出生長大在農村的，說的是一口鄉村土話。十二歲到杭州，考入一所教會學校，才勉強開始學杭州話。國文老師命我起立背〈桃花源記〉，我很難爲情地說：「我只會用家鄉話背。」老師笑笑說：「好，你就用你的家鄉話背吧！」並命全班同學對著課本仔細聽。我就琅琅地用我的溫州調有板有眼地一氣背到底，同學們一個個都咯咯地笑彎了腰。老師說：「不要笑，我覺得很好聽哩，你們聽她有沒有背漏掉。」大家齊聲說：「沒有漏掉，但是好難聽喲，怪怪的。」氣得我都要哭了。從此拚命學杭州話，媽媽說我連說夢話都說的杭州話呢。會說杭州話以後，和同學們就都很要好了，她們還學著我的溫州調背古文呢。

還有一件有趣的事：在我十歲以前，父親從北京回到故鄉溫州，他帶的隨身忠僕胡雲皋是北方人。胡雲皋每回進廚房來，總會遭到長工們怒目而視，因爲他們語言不通。胡雲皋不懂得長工告訴他，特地挑來的山水是專供煮飯和泡茶用的，他卻常常舀來洗手。長工罵他：「良心不好，會被雷劈。」我想翻譯給他聽，卻又說不來北方話。母親看了也忍不住說：「你這樣糟蹋長工辛苦挑來的山水，觀世音菩薩會罰你的。」

胡雲皋對母親一向很尊敬，但因語言不通，很少交談。這次他卻聽懂了「觀世音菩薩」這幾個字，就問我：「太太爲什麼唸觀世音菩薩？」我只好捲起舌頭，用從草台戲上學來的官話，代母親翻譯意思給他聽。胡雲臯馬上說：「下回再也不敢了。」而且合掌向天拜幾下，口唸觀世音菩薩。母親高興地笑了，長工也笑了，才知道他是不懂我們的土話，不是有意糟蹋山水。

「觀世音菩薩」這句共同的語言，溝通了彼此的感情，明白了共同的信仰。胡雲臯與長工從此不但不吵架，反成了好朋友。

胡雲臯再隨父親到杭州以後，總常常對人說：「我回到溫州的時候好開心。」別人聽了說：「你怎麼能回到溫州，溫州又不是你的家鄉。」他馬上說：「怎麼不算是家鄉？溫州的山好，水好，溫州的蔬菜最鮮甜，溫州的朋友最熱情，我還會說溫州話呢！」於是他就眉飛色舞地說幾句連我都聽不懂的「溫州話」，逗得大家樂呵呵。

這些陳年舊事，如今想起來，仍感溫馨無比。這也足以證明語言對於彼此感情溝通的重要性。

其實不改的鄉音，正是一份故土情懷的慰藉。一個作者在他的懷鄉作品中，偶然運用家鄉語言，表現一份溫厚的鄉土氣息，正是文學的逼眞之處。李瑞騰教授說得好：「方言融入文學，有人看不懂，有人卻看得津津有味。」我想即使看不懂也會引起好奇心而不是「排斥感」。作者偶然運用方言是傳眞、傳情，是一種文學的技巧。若恐讀者不明白，可以加括弧說明。但方言不要引用太多，以免違背了文學共通性的原則，否則就不是眞正好的文學作品了。

第四輯

小小說

男朋友

昨晚，姐姐打電話來，要我陪她去機場接從美國回來的男朋友。稱爲「男朋友」，實在很勉強。他們總共才通過幾封信，交換過幾張生活照片，比起相交兩年多的宋大哥，怎可同日而語？都是在美國的姨媽，說此人如何如何的了不起，不但母親想有個洋博士女婿，連姐姐也不免動了心，居然藉故疏遠了宋大哥，與他通起信來。這是我這個做妹妹的，大不以爲然的。何況這種最現代卻又最落伍的交往方式，與「新娘出口」的名詞，聽來就叫人很不舒服。我認爲姐姐今天原不該去接他的。即使他們憑通信已有相當認識，也得擺擺架子呀。偏偏姨媽把洋博士的飛機班次都告訴了母親，一定要母親和姐姐去接，還說會給他一個意外的驚喜呢。母親當然希望先相下親，姐姐是個萬事依從的豆腐性格，就答應去接了。姐姐要我陪，我只好義不容辭，在一旁當個「觀察員」了。

搭計程「飛車」去桃園機場，我眞有點怕怕，眉頭一皺，計上心來。打個電話給宋大哥，要他開車送我去，騙他說我要去接美國回來的男朋友，他馬上很高興的答應了。

姐姐和宋大哥雖然已經疏遠了，但他仍很照顧我這個頑皮小妹妹。他溫文、誠懇，踏踏實實的君子之風，他才是姐姐應該以心相許的人。我故意邀他同去，明知會使場面有點尷尬，但我就是要比一比，苦讀出身、學有專長的宋大哥，哪一點比不上新大陸回來的「洋博士」？

我告訴姐姐要直接由宿舍去，而且還帶了個「男朋友」，姐姐先是有點吃驚，但也爲我高興，小不點兒居然也有男朋友了。

在車上，我告訴宋大哥，我母親和姐姐也要去機場接。宋大哥笑笑，幽默地說：「哦，動員全家，你母親和姐姐都很重視你這位男朋友吧。」

「當然囉，終身大事嘛。」我在心口悄悄劃個十字，求上帝原諒我撒這麼大的謊。過了一下，我卻忍不住問：

「宋大哥，你仍舊喜歡我姐姐嗎？」

他淡然一笑，沒有回答。

「你們還會言歸於好嗎？」我再追問一句。

「我們並沒有吵架呀。」他輕鬆地說。

「如果姐姐回心轉意呢？」

「不談這好嗎？我倒要問你，你和這位男朋友交往有多久啦？」

「不到半年。」我再在心口劃個十字。

「怎麼你從沒跟我提起過呢？」

「想給你一個驚喜呀。」

「那麼今天是回來拜見準岳母囉！」

「可以這麼說吧！」

「預祝你們千里姻緣一線牽。不過交往時間最好是能長一點，可以彼此多認識、多了解。」

我忍住笑，點點頭，宋大哥的車開得更瀟洒了。

到了機場，母親和姐姐一看見宋大哥，都有點吃驚，姐姐狠狠地瞪了我一眼，當然是氣我惡作劇。我認爲紙總歸包不住火，不如早點揭穿謎底，也免得姐姐左右爲難，更省得宋大哥牽腸掛肚。

機場等人是一件最煩躁的事，母親顯得心神不定，姐姐卻做出一副若無其事的樣子。我呢？是一探究竟的好奇心，只有宋大哥最自在，他只跟姐姐點個頭，就在遠處走來走去。

飛機到了，客人一批批走進候機室，我集中注意力找那個照片裡的男士。看見一個高個子，提著旅行箱，風度翩翩地走過來。一定是他沒錯，和姐姐不久前收到的放大照片一模一樣，那是姨媽特地寄給她的。並告訴她飛機班次，一定要姐姐去接，給他一個意外的驚喜。

他一直在人叢中搜索，是在找姐姐吧！母親和姐姐遲疑著。說時遲，那時快，忽見一個女孩子，花蝴蝶似地奔向前去，和他雙手相握，親親暱暱地邊說話邊走出大門去了。

這下子我什麼都明白了。母親和姐姐像斷了電流的機器人，釘在那兒動也不動。我無精打采地說：「走吧，客人都走光了，也沒見人影兒，一定是姨媽說錯飛機班次了。」

宋大哥一直默默地站在遠處，這時才慢慢走過來說：「我送你們回去吧！」

母親坐在前座，對宋大哥說：「眞對不起你久等了。」

眞是打心底說出來的「對不起」，宋大哥卻笑嘻嘻地說，「應該的、應該的。」

「宋大哥，你沒生我氣吧？」我語意深長地說。

他沒回應，像是沒聽見。從後望鏡裡，我看見他眉宇之間那一絲寬容的微笑。

車到家門口，宋大哥說還有事不進去了。卻用很神秘的眼神看著我問：「要回宿舍嗎？我送你去吧！」

「好呀！」我也神秘地點點頭。

上車以後，我一聲不響，心裡眞爲姐姐生氣。還是宋大哥先開口了：「你接不到男朋友，是否是飛機班次記錯了？」

「沒記錯，是他飛了。」我忍不住咯咯笑起來。

「我倒是看到一個我認識的女孩子，去迎接一個風度翩翩的男士，雙雙走了。」

「你認識的一個女孩子？」我大爲吃驚。

「哦，」他更神秘了。

「宋大哥，你眞壞，原來你也有個女朋友飛啦？」

「不是我的女朋友，她原是我同宿舍同學的女朋友，以前常來看他的，後來吹了。」

「原來如此，那麼現在她是去接國外回來的洋博士囉。」

宋大哥微笑點點頭，開車送我回宿舍的一路上，他沒再說一句話，臉上卻一直掛著微笑，到門口時，他拍拍我的肩說，「下次可不許這麼頑皮囉，知道嗎？還有，請轉告你姐姐，有事需要我幫忙的話，打個電話給我吧，我週末都在宿舍裡。」

「宋大哥，你眞好！」

他又是一笑，灑脫地開車走了。

——原載民國八十二年八月二十三日《中國時報》人間副刊

她的困惑

夜已深，她仍在趕織毛背心給孩子，因爲明天要開學了，好讓他穿上新毛背心、新制服，高高興興上學去。

孩子是丈夫前妻所生，她撫育他從四歲到八歲，整整四年的辛苦歲月了。他聰明、活潑，但性情有點倔強，讀書也不用心。級任導師說他上課時注意力不集中，做功課粗心大意，因此成績很差。他父親曾狠狠地打過他，罰他跪。她卻流著眼淚阻止丈夫不要體罰孩子，並牽著孩子的手，和顏悅色地勸他。他卻是越大越倔強，有時還對她恨恨地喊：「我不要你管。」一扭脖子就走了。

她不免暗自傷懷，想想孩子究竟還小不懂事，何況正是反抗心最強的時候。她也想起自己當年受繼母責罰時所萌生的仇恨心理。幼時情景，點滴在心，如今自己卻當了別人的繼母，這是多麼不可思議的事。

記得將結婚時，嬸嬸曾提醒她「當人家後娘可不容易啊！」她卻認爲這是人類的自私心和一般的成見在作祟。她不相信繼母的心是不正常的。何況她是那麼深的愛著丈夫，愛著他的孩子，她要以愛來證明這一點。

由於她並不是很健康，醫生勸她不宜生育，她越發地一心撫育孩子，對他愛如己出，能說是繼母心嗎？

可是孩子進了小學以後，愈來愈頑皮搗蛋，她每次去學校接他，同學們都向她告狀，說他無緣無故打人，老師也說他特別難於管教。

要怎樣管教才是最恰當的呢？她曾請教過好幾位有經驗的母親，和有耐心的老師，也曾看了好多有關兒童心理的書，儘量培養自己的忍耐力，多與孩子接近。可是孩子並不能接受她輕聲細語的勸告，他的頑皮常常令人驚心動魄，她眞擔心他會跌斷腿或弄瞎眼睛。每次她勸阻他時，他都是一副視死如歸的神態，叫她哭笑不得。她問他：「孩子，你爲什麼不好好做功課？成績好，老師喜歡，同學羨慕，多體面呀？」他卻咬牙切齒地說：「我討厭讀書，我討厭老師，我寧可在街上擦皮鞋，掙錢給自己玩。」好像上學就是對他的精神虐待。

她不由得懷疑他的反抗心理是與生俱來的。她不免五內如焚，也不免想起嬸嬸當年勸她的話：「繼母難爲。」

有一天，她忍不住問丈夫：「問你一句話，你可別多心。孩子的母親是否性情很倔強？」

「難道你相信性格遺傳嗎？」丈夫似乎不太高興的樣子。

「我再想不出其他的原因了。」她歉疚地說。

「小時候搗蛋，長大後將成大器呢。」丈夫笑笑說。

「但願如此。」她嘆了口氣。

「我也問你一句話，你也別多心。如果孩子是你親生的，你會怎麼個想法呢？」

「我？」她茫然了。她內心一直有一份難以對丈夫明說的困惑。如果孩子是她親生的，他該不會對她這樣反抗吧。是因爲「不是母子不連心」呢？還是由於自己不夠愛他呢？想想丈夫半開玩笑的反問，她不禁幽幽地嘆息一聲，對自己說：「難道我懷的也是一顆繼母心嗎？」

——原載民國八十二年八月十四日《中央日報》副刊

兩代

好久沒有去探望時時在想念中的林伯母了。今天是我的休假日，就特地蒸了一盒林伯母最愛吃的紅豆棗泥糕，並帶了早爲她織好的毛背心，興匆匆地去看她。

不先給她打電話，是要給她一個意外的驚喜。她一看到我，眞的是喜出望外，緊緊捏著我的手問：「今天是上班日子，你怎麼來了？」我說：「給自己休一天假，就來啦……」

我把紅豆棗泥糕放在餐桌上說：「剛蒸的，加了好多葡萄乾、紅棗，沒加糖，自然甜，最適合老年人吃的。」再從紙袋裡取出毛背心，披在林伯母身上說：「特別爲您織的，咖啡色，您最愛的顏色。喜歡吧？」

「瞧你這孩子，想得這麼周到，又是吃的，又是穿的。」林伯母摸著背心，在穿衣鏡前左照右照。又到餐桌邊俯身聞聞紅豆糕，連聲贊美：「好香，美珍呀，你眞細心體貼，如今的年輕人很少想到長輩要什麼的，都是那麼粗心大意，你就不一樣。」

「我也是粗心大意的呀，可是對伯母您就不一樣啦。您是我媽媽最知己的朋友，就像媽媽一般的疼我。但我總因爲工作太忙，對您沒盡到一點孝心，實在好難過。」

「快別這麼說，你的心意我全知道，可惜我們住得太遠，不然我們娘兒倆眞有說不完的話呢。看見你，就會想起你媽媽，想起我們逃土匪期間同甘共苦的日子。」

林伯母神情有點黯然，我連忙打斷她的話說：「您要不要先嘗嘗紅豆糕？還暖烘烘的呢！」

「我要先切幾片供菩薩，也切幾片供你林伯伯，供過了才吃。」

「哦，我想起來了，您跟我媽媽一樣，新鮮點心水果，都要先供菩薩和祖先的。」

「總是一點心意呀，俗語說得好，飲水不忘掘井人嘛。」她笑了一下說：「跟你說這話，你都能領會，跟少文、玉琴倆說，他們就會笑我思想落伍。他們認爲一粥一飯，都是自己的能力與智慧賺來的。其實若是上天不保佑，祖先不照顧，你就算有天大本領也沒用呀。」

林伯母越說越精神，看她笑逐顏開，我也好高興。就接著問：「少文和玉琴下班回到家都很晚了吧。現在的公車雖加了班次，還是好擠。」

「可不是嗎？他們想要買車，說免得等車花時間。可是我就不放心他們開車，還是擠公車安全。只是他們都上班去了，我一個人在家，前屋走到後屋，後屋走到前屋，跟沒頭蒼蠅似的，日子好長啊！還是那句話，我們要是住近點就好了。」

我心裡想，我也是天天趕上班，即使住得近，也沒法多跟林伯母在一起聊天呀。但這話不忍心說出口來，只好笑著點點頭。

林伯母又說：「看隔壁張太太帶孫子，就忙得好高興。說起來也眞怪，少文他們結婚都兩年了，就是一點動靜都沒有，說是等事業有了基礎再生孩子。什麼事業不事業，傳宗接代才是人生大事呀。」

說到這裡，她忽然停住了，大概想到我是個不曾結婚的獨身女子吧，所以不好意思再說下去了。我卻故作輕鬆地說：「伯母，您放一百二十個心，我知道玉琴是很想有孩子的。但她和少文是希望使未來的孩子過更富裕幸福的生活，先打拼一下，暫時不生養。說不定那一天玉琴有了喜，才樂得您老人家團團轉呢。」

我邊說邊想到自己，怎麼會走上終生不嫁的路呢？我實在不是由於生性孤僻，或是有過什麼刻骨銘心的失戀之痛。我只是感到茫茫人世，知音難遇，一個人獨來獨往，無牽無掛的倒也好。我絕不羨慕今日的所謂「單身貴族」，也不擔心自己會變成脾氣古怪的老小姐，只覺得自己過的是「海闊縱魚躍，天空任鳥飛」的神仙生活。既不必費心思揣摩婆婆心理，也不必為下一代子女愁風愁雨。

這種心情若是對林伯母講，她不見得能體會。她的想法當然是「男大當婚，女大當嫁」囉。

我這樣想著的時候，不免沉默了一下，回頭看見桌上擺著一本厚厚的聖經，不由得奇怪地問：「伯母，您怎麼讀起聖經來啦？您不是信佛的嗎？」

「可不是嗎？」她咯咯地笑起來：「我信佛，卻也看起聖經來了。是隔壁張太太看我閒著在家，就接我去聽牧師講道。每個人帶一樣菜或點心去，聽完道，一同聚餐，餐後還有分組的節目；學英語、做手工藝品、學畫，好有意思哩。」

林伯母越發的眉飛色舞起來，我仔細端詳她，兩個多月不見，她的精神比以前爽朗多了。

「你看我是不是老多了？」她問。

「一點也沒有老，您比以前更健康了。」

「人老了，總得健旺點才好，不生病也免得小輩們牽掛。」她輕歎了一聲說：「聽道也好，拜佛也好，無非找個精神寄托。我常常想起當年你媽媽說的，觀音菩薩的法相和耶穌聖母像很像。祂們在天堂裡是鄰居，所以我覺得信佛的人去做禮拜也沒什麼不對吧。基督徒朋友們都很誠懇和氣，他們都勸我信教受洗，我沒有聽，回家來還是拜我的佛。」

林伯母邊說邊笑，拉我在長沙發上坐下來，緊緊捏著我的手說：「你媽和我都虔心信佛的，看見你就想念起你媽媽，想起你小時候的頑皮。你最愛纏著你林伯伯，要他變戲法，他就變那一百零一套戲法哄你，你還記得嗎？」

「怎麼不記得呢？林伯伯把一張紙撕得粉碎，捏在手心，叫我對著他拳頭吹一口氣，打開手心，碎紙片就變成一個銅子兒啦，眞好玩。我吵著要他教我，他說我的手還太小，等我長大點再教我。」

「可惜沒等你長大，他就走了。」她不禁感傷起來。「他過世時，少文才十二歲，幾十年的光陰眞不容易，如今他總算成家了。」

她眼睛定定地望著窗外，近乎自言自語地繼續喃喃著：「少文和玉琴倆上班去了，我一個人在家思前想後，想起你林伯伯在世的日子，兩個人總是有商有量，他脾氣好，對我又細心，偏偏他走得那麼早。兒子媳婦再好，可是年輕人有年輕的人想法。我家鄉有句俗話：『一代歸一代，茄子拔掉了種芥菜。』我也想通了。」

我一時不知說什麼才好。抬頭看窗外，院子裡金黃的迎春花和青翠的香柏樹，相映成輝。微風吹拂，顯得格外的興旺多姿。想想這個世界，年輕的一代，欣欣向榮，老年人終必在花葉交輝中悄悄退謝。又想起一生勞瘁的母親，我對她竟未能盡到一日的孝心。她逝世以後，我永遠懷著「樹欲靜而風不定，子欲養而親不待」的遺恨，因而對好友少文和玉琴，格外的提醒他們要上體親心。雖然玉琴有時也會向我訴說「媳婦難為」，歎息「隔層肚皮隔層山」，但以她婉順的性情，彼此以誠相待，一家人過得還是頗為融洽的。林伯母說的「一代歸一代，茄子拔掉了種芥菜」，無非是一時的感觸。本來老年人和年輕的一代，思想和對事物的看法都不會相同，只要能設身處地為對方設想就好，何況是親子之情呢？

林伯母是我最敬愛的長輩，我原打算為少文和玉琴因忙碌而對母親的侍奉或有不周之處解說，勸她老人家諒解。但轉念一想，還是忍住了。我儘管是少文夫妻倆的好友，但他們家庭兩代之間的感情，還是由他們自然地去調適吧！

我這樣七上八下地想著，又不免沉默下來。林伯母卻又接著說：「我也怪自己，一陣子想開了，一陣子又想不開。小兩口回家晚一點，我就在屋裡團團轉的掛心。他們有時工作忙要加班，也不打個電話回來，我打過去總機沒人接，好容易盼到他們回來了，一進門我就怪他們，少文說沒消息就是好消息，你說氣不氣人嘛？」

我聽著聽著，忍不住笑起來了，林伯母自己也邊說邊笑。我說：「伯母，有人讓您掛念就是福氣呀！」

「一點沒錯。福氣福氣，有福就有氣。想想自己當初也不是個孝順女兒，眞是現世報。」

「天下父母心啦，一代又一代的，還不都一樣。伯母，您拜佛也做禮拜，菩薩和耶穌都會保佑您的。只要身體健康就好，何況少文和玉琴都那麼孝順。」

談到這裡，林伯母越加的高興起來，自嘲似地說：「我也不知道自己該信佛還是信基督。美珍，你說呢？」

「您不是說聖母和觀世音菩薩在天堂裡是鄰居嗎？您若是讀聖經有心得，就信耶穌基督吧，觀世音菩薩不會生氣怪您的。」

她又咯咯地笑起來：「說得也是，菩薩不會那麼小心眼兒的。美珍，你究竟是信佛還是信耶穌呢？」

「我每晚臨睡前對著媽媽的照片膜拜時，她的慈容就會使我想起幼年時和她並排兒跪著拜佛的情景，心裡感到好踏實、好安慰。所以我也就自然而然地信佛了。但我對基督捨己爲人的博愛精神，仍是非常敬佩的。我想這和佛教的慈悲、儒家的仁民愛物，都是一個道理。若能時時心存善念，不妒恨、不猜疑、不自卑，天堂就在心中。伯母，您說對嗎？」

「對極了，美珍。和你談得眞高興。我倒是要問你，你是不是因爲信了佛，就索性不結婚了？是不是覺得單身可以少了許多煩惱？」

我笑笑，搖搖頭誠懇地說：「倒不是因爲有了信仰就不結婚，我只是一切順其自然，誠誠懇懇待人，快快樂樂做事就是了。」

林伯母連連點頭，更加的笑逐顏開了。

傍晚時分，少文夫妻先後回來了，看見我在，格外高興。玉琴特地爲婆婆帶回一盒香噴噴的桃酥。林伯母接在手裡，摸摸玉琴的手是冰涼的，就埋怨她只顧愛漂亮，不多穿件厚衣服。玉琴愛嬌地說：「媽，您又來了，我又不是三歲小孩子。」

我站在一旁，看她們婆媳如此的相互關愛，那裡是「隔層肚皮隔層山」呢？玉琴以前對我說這句話，也無非是一時感觸罷！

——原載民國八十三年四月《幼獅文藝》

第五輯

新詩及劇本（部份手稿）

No.

蘋果

玫君

蘋果．長在樹頂．
碰到天
蘋果 長在天上．
碰到樹頂
我 跌在地上
望着樹頂 望着天 我
撐開双手
蘋果會掉在我手心裡嗎？

七十六年十月四日撰於學校

習作

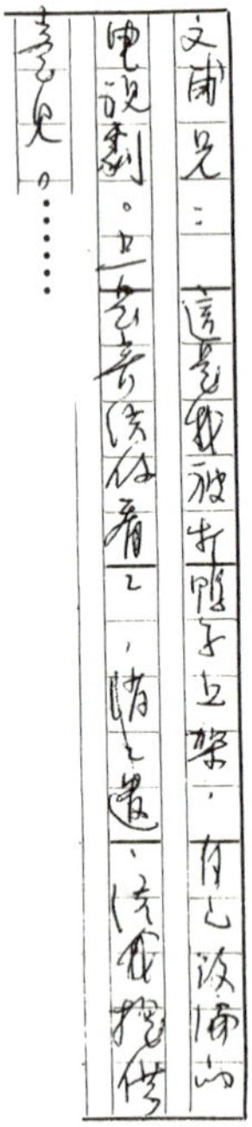

文甫兄：這是我被打鴨子上架，自己改編的

電視劇。只是寄給你看看，消消遣，給我提

供意見。……

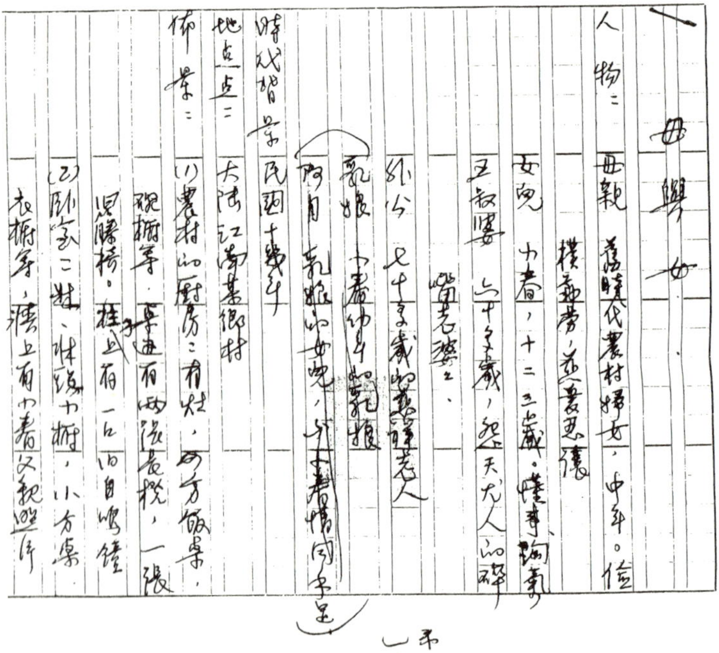

母與女

人物：母親　舊時代農村婦女，中年。儉樸勤勞，慈愛忍讓
女兒　小春，十二、三歲。懂事、淘氣
五叔婆　六十多歲，怨天尤人的碎嘴老婆婆
外公　七十多歲的慈祥老人

時代背景：民國十幾年

地點：大陸江南某鄉村

佈景：⑴農村的廚房：有灶，四方飯桌，碗櫥等，桌邊有兩張長凳，一張舊籐椅。柱子上有一口舊自鳴鐘
⑵臥室：床、床頭小櫥，小方桌、衣櫥等，牆上有小春父親照片

第一場

時間　秋天的午後
場景　廚房

母親在灶邊忙碌著，五叔婆在長凳上瞇起眼睛用耳挖子挖耳朵，一面打哈欠。

母　親：阿榮伯怎麼還沒回來拿點心？太陽已經曬到門檻邊了。
小　春：（看一下鐘）媽，鐘才兩點，不準的呀。
母　親：用不到看鐘，看太陽腳就曉得幾點了。
五叔婆：這口鐘還是歐洲貨呢，有什麼用？你那隻金手錶準不準呀。
母　親：我也不去用它，曉得它準不準呢？
小　春：媽媽，您的金手錶爲什麼不戴呢？
母　親：（笑）哪個做粗活還戴金手錶的？
五叔婆：不戴會生鏽喲！後天有廟戲，你就戴了去看戲吧。你有手錶都不戴，五叔公去了歐洲多少年，也沒給我弄個錶來，連信也沒一封。

小　春：媽媽，你不戴就讓我戴吧！

母　親：（在鍋裡取出熱騰騰的糕，放在盤子裡，再取用竹籃裝了）先把糕送到田裡給阿榮伯吃吃，晚飯以後再給你戴金手錶。

小　春：我好高興啊，我有金手錶戴囉。

（蹦蹦跳跳地走出門去）

五叔婆：看她這樣蹦跳，一定會把盤子打翻。

（砰的一聲，小春哭喪著臉，提著籃子回來了）

小　春：媽媽，我不小心跌了一跤，盤子滾了出來，糕全黏上土了。

五叔婆：我說的嘛，蹦蹦跳，準是會跌跤。

母　親：（一聲不響地再取出糕裝在另一個盤子裡，放進籃子）再送，這回小心點囉！

（小春奇怪母親沒有責備她，很小心地提著籃子走了）

五叔婆：她已經跌了跤，你還叫她送呀？

母　親：她跌過跤，自然會小心了。我若是不要她再送去，她往後就越發膽小，不敢做事了。

五叔婆：你的想法跟我不一樣。姑娘要管得嚴，十幾歲了，走路還三腳跳，趕明兒做了媳婦，婆婆看了就不會順眼。

母　親：還早呢！她長大了自然會斯文的。

（外公從外面啣著旱煙筒慢慢走來，坐在籐椅裡）

外　公：小春呢？

母　親：給阿榮伯送點心去了。

五叔婆：她已經跌跤，打翻了盤子，她娘還要她送。

外　公：你放心吧，她娘叫她送，她會好好送到的。

母　親：外公，我就記得小時候，有一次幫娘提水，路太滑，跌了一個大跤，水灑了滿身，娘沒罵我，您只站在邊上笑，也不來扶我，我一賭氣，一骨落爬起來，渾身濕淋淋的再去提了一滿桶，一點也沒再灑出來。

外　公：就是嘛，你從小就是這樣好強。

五叔婆：小春就像她娘，牛脾氣。

外　公：鄉下姑娘嘛，小春又老是跟牛在一起玩，怎麼不變得牛脾氣。

（小春一路蹦跳著喊進來）

小　春：外公、媽媽，郵差來了，郵差來了，我看見他老遠從山腳下稻田那邊走來了。

母　親：（欣慰地）哦，今天是禮拜三了，郵差會來。

外　公：明天是中秋節，小春，你爸爸一定會趕在節前寫信來的。快趕上前去拿吧！

小　春：我不要，我要站在後門口等，等郵差先生走到我跟前，把一封厚敦敦的信遞到我手裡，那才開心呢。

五叔婆：你這孩子眞怪。

小　春：五叔婆，您不懂，多等一回兒，多一點希望，拿到信就格外高興。

五叔婆：等落了空，也格外生氣。

小　春：五叔婆，您幹嘛老是說洩氣話？

（小春去後門口等了一回，回來時有點垂頭喪氣，手裡沒有信，卻捧著個月餅）

郵差先生說這禮拜沒有我們的信，下禮拜一定會有。又要等一個禮拜了。（把月餅舉起）看，是郵差先生送我的城裡月餅，是豬油豆沙的，他說裡面還有雞蛋黃呢，好講究啊。

母　親：月餅先別吃，要供祖先，供過了請外公分給大家吃，我是不吃豬油的。

五叔婆：沒有信，有個月餅，小春就開心了。

小　春：（恨恨地瞄她一眼，又看看母親，母親只顧低頭炒菜）五叔婆，你才不懂哩！

（把月餅放在桌上，在長凳上騎馬式地坐下來。地上的小貓，抓著她的腳背想爬上來）

小　春：走開走開，今天我心裡不高興，不想抱你。

外　公：（敲著旱煙筒，笑嘻嘻地）小春呀，小貓是你的寶貝，怎麼今天都不喜歡牠啦？

小　春：爸爸眞差勁，中秋節都不來信。

母　親：你就給你爸爸寫封信吧。

小　春：我已經寫過兩封了，他不來信，我幹嘛又要寫？

外　公：做女兒的，要給長輩多寫信。寫信會把文章練好，字練好。

小　春：給爸爸寫信要寫文言，好累啊！寫了「父親大人膝下敬稟者」下面就寫不下去了。

五叔婆：寫什麼文言信，畫把趕牛的竹鞭子，催他快快犁（來），他就懂啦！

母　親：（笑）叔公在德國，您畫了幾把竹鞭啦？

五叔婆：我才不去催他哩！他是做生意沒賺到錢，不肯回來，不像你小春的爹，做了官，在外面又討了，才不回來。

母　親：（縐了下眉頭，轉向小春）小春，把腳放到凳子一邊來，姑娘家不要這樣坐，不好看。

小　春：（生氣地霍的站起，不小心推倒了長凳，差點壓到小貓，小貓嚇得咪咪地狂叫，外公連忙俯身抱起，在懷裡撫愛著）外公，牠沒壓壞吧！

五叔婆：看你，差點把牠壓死了，一隻貓有九條命，看你怎麼賠得起？

小　春：我又不是故意的，你別嚇我好不好？（從外公手裡抱過小貓，走來走去哄牠，拍牠）

五叔婆：別走到我身邊來，你身上的跳蚤有一擔。

小　春：（把脖子一縮，低聲問外公）外公，一隻貓眞的有九條命嗎？

外　公：只要你疼牠，一條命、九條命都是一樣的。

小　春：若是有九條命，牠死了就要投九次胎囉。

母　親：過節了，不要亂講話。要說貓「倒」了。貓狗「倒」了，我們唸經超度牠，牠有幾條命，就超度幾條命。

（邊說邊把蒸好的棗泥糕拿出擺在盤子裡，準備祭祖用）

小　春：（數著）一、二、三、四、五……

母　親：要說「一雙」、「兩雙」、「五子登科」。
五叔婆：十一要說「出頭」，你媽嘴裡沒有不好聽的字眼。
母　親：（笑）五子登科，保佑你長大了中個女狀元。
外　公：要考女狀元，現在就要好好讀書，不能成天在田裡摸田螺囉。
五叔婆：中了女狀元，接你媽上京城享福去，跟你爸住在一起，就不用天天伸長脖子盼信了。
小　春：（高興起來）媽，您坐下，我給您捶捶腿，您忙了一天，太累了。
（母親在長凳上坐下，小春蹲下來捶腿，嘴裡像放鞭炮似地，快速地數著一、二、三、四、五……才捶幾十下，就數到一百了）
小　春：我捶兩百下，等一下要多吃一塊棗泥糕和月餅。
母　親：城裡的月餅好吃，多留點給你外公吃，我多給你兩塊棗泥糕，吃飽了可別忘了給你爸爸寫信喲！
小　春：知道了。（又唸）「父親大人膝下敬稟者」。
外　公：（摸著鬍鬚笑）你這會兒是「母親大人膝下敬捶者」。
小　春：外公，您眞好玩。您給我想想，都給爸爸寫些什麼呢？

外　公：就跟講大白話一樣，把家裡和你媽怎麼過日子，都一樣樣告訴他呀。

小　春：對了，最後，我要加一句媽想念爸爸，「一日不見，如隔三秋。」（問母親）媽，對嗎？

母　親：你那些文謅謅的詞兒，我不懂。

（外公點頭微笑）

第二場

時間　晚飯後

場景　臥室　桌上點者菜油燈

母　親：（把雙手在臉盆裡泡一陣，用毛巾擦乾，仔細看著手背）小春，把雞油拿來給我摸一下，我的手裂得好痛啊！

小　春：（拿雞油給她摸）媽，你手上的裂縫就像一張張小嘴，還沒到冬天呢，就裂得這樣多。手背的筋一條條鼓起來，就像地圖上的河流。

母　親：老了嘛，老人的手就是這樣。

小　春：以前大家都誇您的手像一朵蘭花，又細又柔軟，阿榮伯說您有一雙玉手，是後福無窮的。

母　親：什麼叫做後福無窮。莊稼人就靠勤儉，靠一雙玉手又有什麼用？

小　春：五叔婆說您手沒從前細了，眼力也沒從前好了，繡出來的花也沒從前漂亮了。

母　親：（不服氣地）那裡的話？我繡了一輩子的花，摸黑都繡得出朵朵剛開的牡丹花來。把我的針線盒捧過來，給你爸爸繡的拖鞋面還沒繡好呢。

（針線盒是母親的聚寶盤，一格是針線活，一格是首飾，一格是書信。小春最開心的事，就是掏母親的聚寶盤）

小　春：媽，這是爸爸的信，今天沒收到信，就來唸舊信吧，哦！這封好早囉！

母　親：那是陳年百古代的一封了。不要唸嘛！

小　春：（只顧唸起來）「夢蘭妹如握……」（咯咯地笑）媽，您的名字叫夢蘭，好雅致啊，是外公給您取的嗎？是外婆夢見蘭花生您的嗎。

母　親：（笑瞇瞇地）你去問外公吧！

小　春：（頑皮地）我早已經問過外公了，外公說：「你去問爸爸吧！」爸爸在杭州，那麼遠，我才不敢寫信問他呢，我猜一定是爸爸給您取的。

母　親：（墮入沉思）那眞是陳年百代的事了，你都還沒出世呢。

小　春：是你和爸爸剛結婚的時候吧。外公常常說，爸媽剛結婚的時候，我還在杭州關頭做狗叫呢。

母　親：是呀，現在這隻「頑皮狗」都十幾歲了。

小　春：（一面看信又唸）「夢蘭妹如握」，媽，爸爸給您取名叫夢蘭，一定覺得您文靜得像蘭花，而且是一朵放散出淡淡清香的素心蘭。

母　親：我哪有那麼雅？一個鄉下女人！

小　春：您別那麼說啦，鄉下姑娘才純潔可愛呢。你看，爸爸寫著「如握」，就是說，他的手，緊緊地捏著您的手——您的一雙蘭花手。

母　親：（無限的回味，無限的悵恨，幽幽地輕嘆了一聲）如今再也不是蘭花手了，你不是說我手背上的筋鼓起來，一條條像地圖上的河流嗎？

小　春：不管怎麼樣，媽媽的手，仍舊是一雙萬能手，又會燒好菜，又會蒸糕，又會織毛衣，又會繡出一朵朵新鮮的牡丹花、喜雀、梅花。

母　親：再是一雙萬能手，又有什麼用？

小　春：媽，您是說牽不回爸爸的心嗎？

母　親：別再說這些了，說點開心事兒吧！（拿起手工來做）

小　春：對了，您不是答應給我戴金手錶的嗎？

（在首飾的一格裡掏出來，就戴上了。舉起來得意地比著，又看看時針。）

停了很久了，您也不開發條。

母　親：停就讓它停罷。錶走不走對我都一樣，我總歸是一天忙到晚。

小　春：（開手錶發條，放在耳朵邊聽）媽，這是您的嫁妝嗎？

母　親：這倒是你爸爸買給我的，說是什麼「柿子」牌的，有名的錶。

小　春：柿子牌？（咯咯大笑）不是柿子牌，是瑞士的出品啦！老師告訴我，瑞士的錶最有名。

母　親：我也不管它柿子牌、桔子牌，只要是你爸爸給的，就是世上最好的錶。

小　春：媽，講講你和爸結婚時候的事兒給我聽聽好嗎？

母　親：那又是陳年百古代的事兒了。（抬頭望牆上照片）

小　春：講嘛，您就是講一百回，我也聽不厭呃。

母　親：（沉入回憶）那時，他穿的是黑緞馬褂，水藍湖縐長衫，裡面套的舊棉袍，下襬長出半截，好土啊。

小　春：您記得好清楚呀。

母　親：他四平八穩地坐在床沿上，一雙手平平地放在膝頭上。腰伸得直直的，一點也沒有小時候頑皮的樣子了。

小　春：你們倆是表親，是青梅竹馬的小朋友。

母　親：但是一訂了親，我就躲起來不見他了。是表親，仍舊要避嫌疑。

小　春：（頑皮地）直到洞房花燭夜，您才從紅紗巾底下偷看爸爸囉。

母　親：你外婆交代過我，並排兒坐在床沿上的時候，要記得把繡花襖的下襬衣角捏緊，別讓新郎官坐住，讓他坐住了，就要一輩子向他低頭了。

小　春：那麼您捏緊了沒有呢？

母　親：我那時心慌，那裡記得呢？等想起來時，已經給他坐住了，又不敢使力地拉。

小　春：因此您才這麼聽爸爸的話，一點抱怨都沒有。

母　親：說實在的，就算我沒讓他坐住衣角，還能不聽他的話嗎？舊式婚姻就是這樣，嫁給誰，就得跟誰過一輩子。幸得我和你爸爸是表親，知根知底，知道他是個用功讀書，有出息的好兒郎。若是不認識的，就得碰運氣，認命了。

小　春：那時的新娘好苦吧！您不是教我唱過嗎？（唱）「娘啊，女兒今夜和你共被單，明天和您隔山彎，左個彎，右個彎，彎得女兒心裡酸。左條嶺，右條嶺，條條嶺透天頂。」

母　親：（笑）你倒是唱得眞好。不過你將來文明結婚，就不用唱這樣悲傷的調子了。

（她已經繡好一隻拖鞋面，又拿起另一隻來繡）

小　春：（發現已經是一雙了）媽，你不是已經繡好一雙了嗎？

母　親：我再繡一雙女的？

小　春：是給我的？

母　親：你小孩子穿什麼拖鞋？

小　春：那麼給您自己的？

母　親：我小腳、不穿拖鞋。

小　春：那給誰呀！

母　親：給你爸爸那位如花似玉的新娘。

小　春：媽，您說什麼？

母　親：（喃喃地）讓他們穿了成雙作對去。

小　春：媽，您眞是的，您爲什麼給她繡呢？

母　親：你不知道，那年在杭州，我給你爸爸繡一雙拖鞋，他自己不穿，倒給她穿了。

現在倒不如一口氣繡兩雙，她有了，你爸爸才肯穿。

小　春：媽，您好傻啊！五叔婆就常常笑您傻。

母　親：她那樣精明，五叔公幾時又對她好來著。

小　春：您這回寄兩雙拖鞋面去，爸爸一定會感動得不得了，一定會馬上給您寫信，一定會寄一樣非常非常寶貝的東西給您。

母　親：（淺笑一下）頂多一瓶雙妹牌生髮油，我又沒像那位新娘那樣，梳的光溜溜的鳳凰髻，同心髻。我是鄉下人，只會梳個尖尖翹翹的螺絲髻。用不著好的生髮油。在杭州的時候，你爸就嫌我的髻難看死了。

小　春：媽，我來幫您梳，我也會梳鳳凰髻。

母　親：不用梳囉，青絲都快變白髮了，還梳什麼鳳凰髻？

小　春：您一點也不老，爸爸如果給您寄幾件新式的毛衣，漂亮的裙子，您穿上就馬上年輕了。

母　親：我一點也不盼望他寄什麼來，只要常常給你寫信，知道他平安就放心了。

小　春：媽，您眞的什麼都不想要嗎？

母　親：女人的心是很奇怪的，有時要的很多，有時要的很少。只有一點就很滿足了。

小　春：那麼您有什麼呢？

母　親：我只要有這隻金手錶就夠了。何況我還有個乖女兒呢。

小　春：（伏母親懷中，感動地）媽，我一定一定孝順您，陪您一輩子。

母　親：（抬頭望照片，臉上的神情，不知是寂寞還是欣慰）小春，媽怎會讓你陪我一輩子，媽只盼望你將來有個美滿的家庭。一生一世過得幸福、快樂。不像你媽，老是守著一盞菜油燈。

小　春：媽，您看，燈都開花了，外公說，燈花開，就會有喜事，您不是盼望我中女狀元嗎？

母親拔下頭上的銀針，去剔燈草心，燈一下子亮了起來。

鏡頭轉向菜油燈，再移到牆上母女相依的一對影子。

——完

附錄

寫下永遠童話
——訪琦君一生依賴的老伴李唐基

邵冰如

老作家琦君辭世，最難承受的是與她相守五十五年的老伴李唐基。琦君晚年身體不好，唯一的兒子又不在身邊，全是李唐基守著她，叮嚀她吃藥、為她推輪椅，陪她鬥嘴，聽她唱戲，如今琦君離去，李唐基今天上午輕嘆：「千言萬語，真不知怎麼說？」

李唐基今年八十六歲，他和琦君於民國四十年結婚，當年認識，是因他在報上讀到琦君發表的第一篇文章〈金盒子〉，文中琦君憶及童年在大陸家鄉種種，讓一樣孤身來台的李唐基非常感動，寫信給她，文末附上杜甫的詩「露從今夜白，月是故鄉明，有弟皆分散，無家問死生。」熱愛文學的心，打動了琦君。兩年後他們結婚。那年李唐基三十歲，琦君三十四歲。

雖是姐弟戀，但五十多年來，充滿童心的琦君，一直像孩子般地依賴著李唐基，還愛和他鬥嘴，她常說自己性子急、做事快，偏他是「全天下最慢條斯理的男人」。

藝文界人士指出，琦君在淡水的這段日子，身體不好，李唐基陪她看病、帶她去跟老師學唱戲、為她整理舊作、還為她推著輪椅散步。琦君有時會恍神問：「這兒是淡水嗎？」他總是拍拍她的手：「妳跟著我就對了。」

九歌出版社這次負責為琦君治喪，總編輯陳素芳說，十多天來，李伯伯很堅強，不曾有半絲哀痛寫在臉上，他默默收拾著琦君的遺物，有時會輕輕笑起來，回憶著「這個是在美國買的，那個是她最愛的……」在挑選琦君遺照時，他一度想挑選一張琦君年輕時，捲髮紅顏、笑靨如花的相片，還告訴九歌工作人員說：「你們看她多漂亮……」

今天的告別式上，李唐基一直默默坐著，他清瘦的身軀伴著淡淡微笑，告訴每一個問候他的朋友、晚輩說：「我很好，真不好意思麻煩你們。」問他還想跟琦君說什麼，他輕輕一嘆：「千言萬語，不知怎麼說……」而靈堂裡響起溫婉老歌：「你問我愛你有多深？我愛你有幾分……」

——原載二〇〇六年六月十九日《聯合晚報》

終其一生，她是幸福的

——懷念琦君

宇文正

從家到淡水，我必須從捷運昆陽站坐到台北，轉淡水線，在終點站下車。去年年初某一個寒流的早晨，我又從淡水捷運站下車準備換計程車去看琦君阿姨，一走出捷運月台，冷風灌得我直發抖，我才明白難怪每一次寒流來，最低溫都出現在淡水！

那天的採訪，我鼻子有些難受，其實自己並不以為意，我本來就有過敏的毛病，空氣中有灰塵、空氣太冷都要打噴嚏，但琦君阿姨不停問我：「妳是不是感冒了？」反而讓我很不好意思。我說不要緊的，也許是過敏，又跟李伯伯繼續說著話，琦君阿姨打斷我們，「嗳，你去幫她倒杯熱水嘛！」李伯伯「聽話」的起身，琦君阿姨說：「妳好瘦啊，不要感冒了！我自己最怕冷了！」是的，我的採訪從過年後開始，直到初夏，天氣一天天暖和，而琦君阿姨始終穿很多的衣服，包得密不透風的。她穿衣仍講究配色，每次見面，我們互相觀察、欣賞對方的穿著，我總要想起，琦君阿姨果然如書裡的她，多麼愛美呀！

那段時間，她認得我，體力、精神都比她剛回台灣時好，回想起來我真的很幸運，恰好掌握到了那段時光，對她有更多的理解。她對新的事物常記不起來，對過去卻能侃侃而談，但有時記憶會混淆、時光會倒錯，我必須向李伯伯進一步求證。

而大約半年後，她體力變差，記憶力也走下坡了。

然而儘管漸漸在失憶的狀態中，她話鋒的機智卻絲毫不減。譬如有天早晨，室內光線仍暗，李伯伯開著檯燈，她要求把燈關起來，對我說：「我是一個逃避陽光的人！」有時李伯伯與我說話說得久一點，她會打岔：「他總是說——來——話長！」李伯伯為我泡茶，她說她不愛喝茶，喜歡喝咖啡，因為咖啡可以加糖，「我是吃不了苦的人！」而當她哼唱著平劇，我問她怎麼會唱戲呀！她說是從小跟著留聲機學的，「所以我是留學生！」我想，對語言的敏感，已經成為她的本能了！

琦君出身官家，童年華麗的外衣裡卻包裹著難以痊癒的傷痕——尤其是唯一親哥哥的早逝。每有人告訴我《琦君傳》很好看，我總說那是因為琦君一生濃厚的戲劇性，她自己也說，「小朋友也喜歡讀我的書，大概因為我從小是受氣包，容易引起他們的同情吧！」我接觸琦君，卻是在她生命裡的最後一段時光，我想她是幸福的，上天把她童年失去的都還給了她，讓她擁有一個能相持相守相愛到老的丈夫。

那天，我們在淡水潤福的餐廳裡吃午飯，李伯伯幫琦君阿姨盛飯、舀湯，我因為並不清楚琦君阿姨吃些什麼，完全幫不上忙。只看李伯伯舀好了排骨湯，問她還有綠豆湯妳要不要？她搖頭說不要，後來吃著吃著，卻把李伯伯面前的綠豆湯端過去喝。「你看看這個人！問她要不要，她說不要，然後再吃我的！」李伯伯埋怨著，我卻忍不住噗嗤一聲笑出來。

琦君的生命裡有缺憾、有悲痛，那成為她書寫的泉源，更造就她悲憫動人的文學世界；然而終其一生，她是幸福的，我想。

——原載二〇〇六年六月十日《中華日報・副刊》

（本文作者宇文正女士，是寫小說也寫散文的作家，現任職於新聞界）

讀琦君《萬水千山師友情》

吳玲瑤

接到文壇老前輩琦君阿姨的新作，由九歌出版社印行的《萬水千山師友情》，這真是一本好書，我捧讀再三，愛不釋手，琦君女士的愛心、智慧、幽默和詩詞修養都在書中表現無遺。

雖然從初中時就以非常崇拜的心情讀琦君的作品，真正認識她卻是十年前的事，自此我們常常通電話，雖然住在東西兩岸，並不影響我們的交往，總是找機會談心聊天，遇著開文學會議的機會，我們也不願錯過，為的是能促膝長談，有好幾次我和她有「同居」之誼，和她交往越深，越喜歡她那一顆的善良的菩薩心腸，處處為人著想，在海外寂寂的寫作路上，有她這樣的良師益友，隨時給我鼓勵，對我而言是很大的助益。

琦君是一個有情的人，用滿懷的愛心去看這世界，更用她溫馨懇切的文筆把這種種情懷寫下來，許多人物、事情在文章裡歷久彌新，許多人相信她是少數可以傳世的作家之一。她前後出版過四十幾本書，作品被翻譯成十幾國的文字，得過無數文學獎，也是被中文《讀者文摘》採用最多的作家，她溫馨的童年故事，曾伴這一代中國人走過學生時代的歲月，她的善良感動過無數學子。

一直感念著恩師的隆情，珍惜著人間至情的友誼，琦君女士也以這樣的愛待人，人如其文，為庸擾的世界帶來了無比的清新，由她的文章裡才體會到什麼叫做真善美。

這一本《萬水千山師友情》篇篇都是好文章，雋永而引人深思，仍有她一貫的平易近人，有她的思鄉和緬懷舊時，也有客居異鄉的生活，對各種事務的關懷，對友情的珍惜，她國學根底深厚，信手拈來的詩詞特別能引人共鳴，更有許多人喜歡琦君文章裡的幽默，總是那麼自然，還能有引經據典的笑談，特別令人會心。

——原載於一九九五年五月二十二日《星島日報》

（本文作者吳玲瑤女士，爲旅美作家）

琦君作品目錄一覽表

論述

詞人之舟　民七十年，純文學出版社；民八十五年，爾雅出版社

剪不斷的母子情　民九十四年，中國語文月刊社

散文

溪邊瑣語　民五十一年，婦友月刊社

琦君小品　民五十五年，三民書局

紅紗燈　民五十八年，三民書局
煙　愁　民五十八年，光啓出版社；民七十年，爾雅出版社
三更有夢書當枕　民六十四年，爾雅出版社
桂花雨　民六十五年，爾雅出版社；民九十一年，格林出版社
細雨燈花落　民六十六年，爾雅出版社
讀書與生活　民六十七年，東大圖書公司
千里懷人月在峰　民六十七年，爾雅出版社
與我同車　民六十八年，九歌出版社
留予他年說夢痕　民六十九年，洪範書店
母心似天空　民七十年，爾雅出版社
燈景舊情懷　民七十二年，洪範書店
水是故鄉甜　民七十三年，九歌出版社
（民九十五年六月，重排新版）

二〇〇六年一月（簡體字版），武漢：湖北人民出版社

此處有仙桃　民七十四年，九歌出版社
（民九十五年六月，重排新版）

玻璃筆　民七十五年，九歌出版社

琦君讀書　民七十六年，九歌出版社

我愛動物　民七十七年，洪範書店

青燈有味似兒時　民七十七年，九歌出版社
（民九十三年十月，重排新版）
二〇〇六年一月（簡體字版），武漢：湖北人民出版社

淚珠與珍珠　民七十八年，九歌出版社

母心・佛心　民七十九年，九歌出版社
（民九十三年十二月，重排新版）
二〇〇六年一月（簡體字版），武漢：湖北人民出版社

一襲青衫萬縷情　民八十年，爾雅出版社

媽媽銀行　民八十一年，九歌出版社

（民九十四年五月，重排新版）

萬水千山師友情　民八十四年，九歌出版社

（民九十五年六月，重排新版）

母親的書　民八十五年，洪範書店

永是有情人　民八十七年，九歌出版社

（民九十四年十二月，重排新版）

小說

菁姐（短篇）　民四十三年，今日婦女雜誌社；

民七十年，爾雅出版社

百合羹（短篇）　民四十七年，開明書店

繕校室八小時（短篇）　民五十七，台灣商務印書館

七月的哀傷（短篇）　民六十年，驚聲文物供應公司

錢塘江畔（短篇）　民六十九年，爾雅出版社

橘子紅了（中篇）　民八十年，洪範書店

合集

琴心（散文、小說）　民四十二年，國風出版社；民六十九年，爾雅出版社

琦君自選集（詞、散文、小說）　民六十四年，黎明文化公司

文與情（散文、小說）　民七十九年，三民書局

琦君散文選（中英對照）　民八十九年，九歌出版社

母親的金手錶　民九十年，九歌出版社；二〇〇二年十月（簡體字版），北京：中國三峽出版社

夢中的餅乾屋　民九十一年，九歌出版社；二〇〇二年十月（簡體字版），北京：中國三峽出版社

兒童文學

賣牛記　民五十五年，三民書局

老鞋匠和狗　民五十八年，台灣書店

琦君說童年 民七十年，純文學出版社
琦君寄小讀者 民七十四年，純文學出版社；
民八十五年，健行文化出版公司
鞋子告狀（琦君寄小讀者改版） 民九十三年，九歌出版社

⊙關於琦君的著作

琦君的世界 隱 地編 民六十九年，爾雅出版社
琦君及其散文研究 邱珮萱撰 民八十五年，高師大碩士論文
琦君小說研究 陳雅芬撰 民九十一年，台北師院碩士論文
琦君兒童散文的傳記性 陳瀅如撰 民九十一年，台東大學碩士論文
琦君散文人物刻劃研究 陳姿宇撰 民九十二年，玄奘學院碩士論文
琦君散文在國小教育上的價值與應用 陶玉芳撰 民九十二年，屏東師院碩士論文
琦君小說主題內涵與人物 王怡心撰 民九十二年，東吳大學碩士論文

刻畫研究
論琦君的書寫美學和生活風格　鄭君潔撰　民九十三年，佛光學院碩士論文
琦君橘子紅了敘事美學研究　張林淑娟撰　民九十三年，銘傳大學碩士論文
琦君散文的抒情傳統　林鈺雯撰　民九十三年，彰師大碩士論文
琦君的文學世界　章方松著　民九十三年，三民出版社
永遠的童話：琦君傳　宇文正著　民九十五年，三民出版社

琦君及著作得獎紀錄

民五十二年（一九六三）　中國文藝協會文藝獎章

民五十九年（一九七〇）　著作《紅紗燈》獲第五屆中山文藝獎

民七十四年（一九八五）　著作《此處有仙桃》獲第十一屆國家文藝獎

著作《琦君寄小讀者》（後改名《鞋子告狀》）獲金鼎獎

民七十七年（一九八八）　著作《琦君讀書》獲新聞局中小學生優良課外讀物第六次推介

民七十八年（一九八九）　著作《青燈有味似兒時》獲新聞局中小學生優良課外讀物第七次推介

民八十年（一九九一）　著作《母心．佛心》獲新聞局中小學生優良課外

讀物第九次推介

民八十八年（一九九九）　著作《永是有情人》獲新聞局中小學生優良課外讀物第十七次推介

民九十二年（二〇〇三）　著作《母親的金手錶》榮登金石堂年度TOP大眾散文類

民九十三年（二〇〇四）　著作《鞋子告狀——琦君寄小讀者》入選第四十七梯次「好書大家讀」
獲總統府頒贈「二等卿雲勳章」

民九十四年（二〇〇五）　著作《鞋子告狀——琦君寄小讀者》新聞局中小學生優良課外讀物二十四次推介

民九十五年（二〇〇六）　亞洲華文作家文藝基金會向琦君致敬頒贈「資深作家敬慰獎」
著作《永是有情人》入選第四十九梯次「好書大家讀」

琦君作品集 07

萬水千山師友情

著者	琦　君
發行人	蔡文甫
出版發行	九歌出版社有限公司
	臺北市105八德路3段12巷57弄40號
	電話／02-25776564・傳真／02-25789205
	郵政劃撥／0112295-1
九歌文學網	www.chiuko.com.tw
印刷	晨捷印製股份有限公司
法律顧問	龍躍天律師・蕭雄淋律師・董安丹律師
初版	1995（民國84）年2月10日
重排增訂初版	2006（民國95）年6月25日
增訂初版2印	2012（民國101）年12月
定價	220元

書號　0110007

ISBN　957-444-327-2

（缺頁、破損或裝訂錯誤，請寄回本公司更換）

國家圖書館出版品預行編目資料

萬水千山師友情／琦君著. -- 重排增訂初版.
--臺北市：九歌， 民95
面； 公分. --（琦君作品集：07）

ISBN 957-444-327-2（平裝）

855 95011056